捌き屋　罠

浜田文人

幻冬舎文庫

捌き屋　罠

【主な登場人物】

鶴谷　康　（52）　捌き屋

木村　直人　（59）　優信調査事務所　所長

藤沢　菜衣　（42）　クラブ菜花　経営者

本多　仁　（70）　医療法人栄仁会　理事長

角野　甚六　（71）　一成会　事務局長

野村　義友　（63）　関東誠和会　副理事長

長尾　裕太　（46）　私立探偵

白岩　光義　（52）　二代目花房組　組長

白い雲が勢いよく流れている。ときおり、雲の切れ間から太陽があらわれ、色づく銀杏の葉をやさしくきらめかせた。

鶴谷康《つるたにこう》はベッドの端に腰をかけ、病院の中庭をぼんやりと眺めている。

三日前の金曜に検診を受け、そのまま病院に泊まった。さして理由はない。

半年前、胸部に銃弾を食らった。弾は右第八肋骨をかすっただけで肺を直撃しなかったため、一命を取り留めた。それでも砕けた骨の欠片《かけら》が臓器に損傷を与え、その治療に二か月を要した。その後、救急指定病院から知人が経営する城東総合病院へ移り、ステンレスプレートを使用しての肋骨整復手術を受けた。

術後の経過は良好である。一回目の手術のあとは息をするのさえつらく、稼業からの引退を考えたこともあった。いまは日常生活に何の支障もない。

ベッドを離れ、となりのレストルームに移動した。病院の理事長が使用する特別室にはキッチンやバスルーム、バーカウンターもある。

ウィスキーの水割りをつくり、ソファに腰をおろした。煙草を喫いつける。テーブルの固定電話が鳴りだした。〈スピーカー〉を押す。

《いつまでわたしの部屋を占拠する気かね》

しわがれ声が響いた。

医療法人栄仁会の理事長、本多仁《ほんだひとし》はことし七十歳になった。本多との縁は二十年を過ぎた。

――大阪は狭い。東京に捌きの場を移してはどうか――

電話でそう誘われた。捌き屋稼業を続けるか否かで思い悩んでいた時期のことである。

「そのうち消える」

さらりと返し、煙草をふかした。

《そのうちではこまる。こんや、食事をしよう》

「何を企んでいる」

《ばかを言うな。恩返しの機会を与えてやるのだ》

「仕事の依頼ならことわる」

《わたしの頼みでもか》

「そうよ」

《……………》

ため息が聞こえた。

「けど、美味い料理なら馳走になる」

《何がいい。松阪牛のステーキか、江戸前の鮨か》

「そんなものはいらん」

ぞんざいに言い、視線をふった。

ドアが開く音に続き、足音が聞こえた。

入ってきた男の顔を見て、口をひらく。

「客が来た。あとで連絡する」

返事を聞かずに受話器を戻し、男に声をかけた。

「何しに来た」

「まともな挨拶はできんのか」

笑って言い、男が正面に座した。

二代目花房《はなぶさ》組組長の白岩光義《しらいわみつよし》。顔を見るのは二か月ぶりだ。

竹馬の友である。

半年違いでおなじ町に生まれ、小学一年から高校二年まで共に空手を学んだ。高校卒業後、鶴谷は家業の八百屋を手伝い、白岩は大阪大学経済学部に進学した。

二十歳のとき、二人に災難が降りかかった。

鶴谷は両親と家を失くした。商店街の再開発というふれこみで地面師に土地を騙し取られた父は自害、あとを追うように、母は心身の疲労が祟って病死した。

白岩は、心斎橋でちんぴらに絡まれていた女を助けようとして喧嘩になり、頬に深い傷を負った。その傷が遠因になり、白岩は極道社会に飛び込んだ。

それでも、二人の縁は続いた。失意の日々を送っていた鶴谷に、捌き屋稼業を勧めたのは白岩であった。不動産・建設業界にトラブルはつきもので、二人は関西でおきる厄介なトラブルの処理に奔走した。やがて鶴谷は捌き屋として認知され、白岩は経済極道として頭角をあらわした。

が、好事魔多しである。鶴谷はまたしても身内を亡くした。蕎麦屋を営む義父が凶弾に倒れた。捌き屋稼業で敵対する相手に襲われたのだ。

報復するか。稼業を畳むか。心はゆれた。妻や子の顔を見るのがつらかった。

そんななか、栄仁会の本多に声をかけられたのだった。

斟酌《しんしゃく》することなく受け入れた理由はいまもわからない。あえていえば、独りになりたかった。胸に疵《きず》をかかえたまま、妻子や白岩に甘えそうな自分が嫌だった。

白岩が飲みかけのグラスを口にした。ひと息に空ける。

「理事長の部屋やろ。もっと美味い酒はないのか」

「文句を垂れる前に、土産をよこせ。鯖の棒鮨は持ってきたか」

白岩は上京するたび、大阪の松屋町にある『たこ竹』の棒鮨を運んでくる。

「あれはもう食えん」

「どういうことや」

「店を畳んだ。で、花房の先代も姐さんもしょげ返っとる」

白岩が眉尻をさげた。右頰を走る古傷が深くなる。

花房勝正《かつまさ》は白岩の渡世の親である。白岩が親子盃を交わしたころ、花房は大阪市浪速区に本部を構える一成会《いっせいかい》の幹部で、自身も花房組を率いていた。のちに一成会の若頭となり、一成会会長の座を目前にしていたのだが、健康状態が不安視されて後継争いに敗れた。花房は渡世から引退し、花房組を白岩に譲った。

白岩が立ちあがり、バーカウンターへむかった。

鶴谷は肩をおとした。

花房夫妻は天保二年創業の鮨屋『たこ竹』をこよなく愛していた。抗がん剤治療で食欲を失くしても『たこ竹』の鯖の棒鮨だけは目を細めて食べたという。

白岩が戻ってきた。二つのグラスに氷を入れ、響17年のボトルを手にする。濃い目の水割りをつくった。

ひと口飲んで、白岩に話しかけた。

「先代の体調はどうや」

「問題ない。年明けには元気に喜寿を迎えられるやろ」

「それはめでたい」

「きょうも祝い事で来た」

「関東やくざへの義理掛けか」

「そんなことは和田にまかせとる」

こともなげに言い放った。

花房組若頭の和田信《わだまこと》は、野放図な白岩に代わり、所帯を束ねている。

「東京の女に子ができたか」

「ほう」白岩が顔を近づける。「勘がええのう」

「…………」

あんぐりとした。

白岩は独身である。極道でいるかぎり所帯は持たない。そう聞いている。

「うちの裕輔や。子は嫁の腹の中やが」

港区麻布十番に花房組の東京支部がある。大阪市北区曾根崎の本部から差し向けられた三人が常在し、年長の佐野裕輔が支部長を務めている。

「それはめでたい」

鶴谷はグラスを持ちあげた。

白岩が合わせる。チンと音がした。

「で、きょうは六本木で祝賀会をやる。おまえはゲストや」

「あかん。先約がある」

「しのぎか」

「その話になるかもしれん」

「どこのゼネコンや。それとも、不動産屋か」

「わからん。さっき、ここの理事長に声をかけられた」

「強欲が裏目にでたか」

白岩がにやりとした。

本多は開業医の息子として生まれた。それが当然のように医師になったのだが、本多は医師としての腕を磨くよりも病院の経営に情熱を注いだようである。欲はさらにふくらみ、九年前には日本医師協会の会長の座も手に入れた。現在は、関東圏に八つの総合病院を持っている。葛西臨海公園に隣接する城東総合病院は栄仁会の本丸で、敷地内には大規模な特別養護老人ホームもある。

白岩が言葉を続ける。

「何であれ、恩人の依頼を蹴るわけにはいかんのう」

「恩人やない。俺は義理も恩義も背負わん」

関西訛りがきつくなった。

東京では標準語を使えるようになったが、白岩と話せば関西弁になる。

「人情はどうや」

「そんなもの、生まれたときから持ち合わせてない」

「聞いたわいが悪かった。おまえの情の無さはガキのころから筋金入りや」

「小学校の遠足のことか」

白岩の家は貧しく、遠足のときはいつも二個のおむすびと沢庵だった。鶴谷の家も裕福ではなかったが、家業のおかげで弁当には盛り沢山のおかずが付いた。それを分けてやらなかったことを、白岩はいつまでも根に持った。

「それだけやない。性悪の女に追い回されて難儀したときもおまえは助けてくれんかった。それも一度や二度やない」

「すべては自業自得よ」

「そうとも言える」

あっけらかんと言い、水割りを飲んでから続ける。

「依頼があれば、受けろ」

「…………」

鶴谷は眉根を寄せた。

いつかその話がでるとは思っていた。銃弾を食らってからきょうまで、白岩は電話でも稼業の話は避けていた。先のことも口にしなかった。

白岩が真顔をつくった。

「療養中に仕事の依頼はきたか」

「ない。当然や」

捌き屋は闇の稼業である。依頼主は、係争相手とのトラブルを秘密裏に解決することを望む。裁判で争えば膨大な時間を浪費するだけではなく、マスコミに係争事案の背景を暴かれる。企業の疵が公になれば、信用を失う。窮余の策として、藁《わら》にもすがる思いで交渉人や捌き屋に依頼するのだ。

都心のオフィス街でおきた銃撃事件はマスコミがおおきく扱った。どこから入手したのか、テレビの画面には鶴谷の顔が映しだされた。全国紙やテレビは鶴谷の職業を企業コンサルタントと報じていたが、一部の夕刊紙や週刊誌は〈捌き屋〉という呼称を使い、鶴谷の稼業を面白おかしく書き立てた。

そのほとんどは推測による記事で、事実に反するものも多くあった。それも当然である。鶴谷は、銃撃された背景を警察に語らなかった。依頼主の名は墓場まで持って行く。裏稼業に生きる者の筋目である。裁判でも事件の背景はあきらかにならなかった。鶴谷を襲撃した男も極道者としての筋目を通した。

――被告人は犯行を認め、殺意も否定しませんでした。被害者とは一面識もなかったが、路上でぶつかり、謝りもしないのでかっとなって撃った。子どもが聞いても首をひねるような供述をして、いかなる判決がでようと受け入れる……淡々とした口調でそう話したのが印象的でした――

裁判を傍聴した木村直人《きむらなおと》はそう話した。

優信《ゆうしん》調査事務所の木村所長は仕事を遂行する上で欠かせない存在である。

その木村も警察の事情聴取を受けたという。犯行現場にいたという理由だけではなかった。警察は鶴谷の稼業を知っているだけではなく、木村が鶴谷の協力者であることも把握していた。警察上層部からは鶴谷に関する情報を提供するよう強要されたこともあったという。かつて木村は警視庁公安部に所属していた。優信調査事務所が順調に業績を伸ばしたのは警察組織の後押しのおかげだと、木村も認めている。にもかかわらず、木村は警察の要請を拒否した。事情聴取のさい、鶴谷の仕事に関しては口をつぐんだと聞いている。

それでも、依頼する側は二の足を踏む。今回の銃撃事件で、警察やマスコミが鶴谷を注視するという疑念を拭えないからである。

「入院中、見舞いに来た者はおるか」

「三人も来てくれた。東和《とうわ》地所の杉江《すぎえ》は四回も来た」

「そんなもんか。まあ、しゃあない。警察もマスコミも目を光らせとる。おまえを頼りたくても近づきにくいのが実情やろ」

「承知よ」

「依頼があれば、請けていたか」

「どうかな」

「臆病風に吹かれたか」

「かもしれん」

あっさり返した。

「心配するな。慈愛に満ちたわいがついとる。まっすぐ生きろ」

「…………」

鶴谷は肩をすぼめた。

「大阪に帰るか。東京はオリンピック景気やが、大阪も負けてへん。カジノは確実、来週末には万博の開催が決定するかもしれん。先行投資で、不動産業界と建設業界は大賑わいや。しのぎには事欠かん」

「勘弁してくれ。里帰りは骨壺に入ったときや」

「ほな、めそめそするな」

「あほくさ」

言って、鶴谷は固定電話の受話器を取った。〈内線1〉を押す。

「悪いが、食事はキャンセルや」

《それは、こまる》

「きな臭い話をしながらでは料理に失礼やろ」

《話は聞いてくれるのか》

「あした、あんたの部屋に行く。時間はまかせる」

《そうか》

本多の声に安堵の気配がまじった。

鶴谷は受話器を戻し、立ちあがった。

「どこへでも連れて行け。きょうは俺が奢《おご》る。快気祝いや」

「ええのう」

白岩が満面に笑みをひろげた。


翌日の午後一時、鶴谷は城東総合病院の理事長室を訪ねた。

ノックをし、ドアを開ける。

やさしい笑顔に迎えられた。

「鶴谷さん、お待ちしていました」

本多の秘書の堀江和子が言った。

そろそろ四十歳になるか。鶴谷が東京に移住したときはすでに本多の秘書だった。

美貌は衰えない。ちいさな顔はいっそう聡明さを増したように見える。

――あの手この手で口説いてみたが、堀江はうんと言わなかった――

本多のぼやきと未練たらしい顔は憶えている。

それでも本多は堀江をそばに置き続けた。どこへでも同行させている。そうすることで自分の価値があがると信じているのだ。

堀江が言葉をたした。

「お疲れぎみのようですね」

「飲み過ぎよ」

「お身体は大丈夫なのですか」

「ここのやぶ医者のおかげで持ち直した」

「あら」

堀江が目を細める。

鶴谷は自分の目尻を指さした。

「皺が増えたな」

「みっともないですか」

堀江が笑顔のまま訊いた。

「上品なアクセサリーよ。けど、いつまでもこんな牢屋にこもっていると、そのうち黴《かび》が生え、婚期を逃すぞ」

「そうなったら、鶴谷さんがもらってください」

屈託なく言い、堀江がデスクのリモコンにふれる。

スモークガラスの扉が開いた。

鶴谷は目をしばたたいた。

理事長室は陽光に満ち溢れている。

フロア中央のソファに三人の男がいた。本多が一人掛けのソファに座り、彼の左側に二人の男がならんでいる。二人とも紺色のスーツを着て、ひとりはグレーのスリムタイ、もうひとりは辛子色と紺色のレジメンタルタイを締めている。レジメンタルタイの男が眼鏡のチタンフレームにふれた。値踏みするような目つきだ。

鶴谷は意に介さない。仕事で会う初対面の相手は誰でもおなじ目になる。猜疑《さいぎ》心《しん》を隠そうともしない連中もいた。露骨に嫌な顔をされたこともあった。身なりや雰囲気で人を判断する輩である。

オフホワイトの立て襟シャツにベージュのジャケット。紺色のコットンパンツに濃茶色のローファーを履き、左手に黒のデイパックをさげている。

鶴谷は、無言で空いているソファに腰をおろし、デイパックを脇に置いた。

「いいね」

本多が声を発し、表情を弛めた。

二人の男がきょとんとする。

意味はわかった。本多はデイパックを見て安堵したのだ。

それを無視し、前にいる二人を交互に見つめた。

本多が二人に話しかける。

「鶴谷さんだ。彼についての説明は要らないだろう」

「ええ」

二人が声を揃え、思いだしたように名刺入れを手にした。

本多が視線をむけた。

「紹介しよう。こちらが松葉建設の大谷常務、となりは不動産部門を統括している小林部長。どちらも、わたしとのつき合いは長い」

二人が名乗り、名刺を差しだした。

受け取った名刺をテーブルの端に置き、鶴谷は煙草をくわえた。

男たちが顔をしかめた。

秘書の堀江が入ってきた。

「カモミールティーにしました」

鶴谷の前にティーカップを置き、堀江が立ち去る。

「さっそくだが」

本多が言い、大谷に目配せした。

大谷にうながされ、小林が手提げバッグのファスナーを開く。

テーブルに図面がひろがった。

本多が言葉をたした。

「JR川崎駅の近くの土地だ。約千坪……ここに病院を建てる」

「まだ欲が尽きんのか」

茶化すように言い、鶴谷は煙草をふかした。

「これが最後だ。神奈川県下に病院をつくれば首都圏を網羅できる。横浜市内がベストだが、なかなかいい土地が見つからなかった」

口惜しそうに言った。

横浜市内の土地価格は上昇している。山下埠頭にカジノができるのを見越しているのだ。すでにおおきな土地売買は困難ともいわれている。

鶴谷はカモミールティーを飲んでから口をひらいた。

「依頼の中身は」

「この土地は四人が所有している。先月半ば、その四人と売買交渉で合意に達し、仮契約を結んだ」本多が視線を移す。「小林君、資料を見せなさい」

小林が別の紙を手にし、図面の上に載せた。

冒頭に〈所有者一覧〉とある。

物件	所有者	面積	現況
A	明東不動産	約1490平米	駐車場
B	増山安治	約760平米	民家　居住者一名　工場　閉鎖中
C	近森昭一	約260平米	民家
D	赤川商事	約490平米	赤川ビル（5階建て）
E	同	約330平米	ファミリーレストラン　廃業

ざっと読んで、小林に顔をむけた。

「Dはテナントビルか」

「そうです。赤川商事は地場の賃貸専門の不動産業者で、赤川ビルの一階はオフィスになっています。二階から四階に七つの店舗が入っていましたが、現在も営業しているのは二階の喫茶店と四階のマッサージ店だけです。喫茶店は赤川商事の社長の親族が経営し、マッサージ店は今月末で賃貸契約の期限が切れます」

「問題なしというわけか」

「はい」

「ほかの物件の説明をしてくれ」

言って、ふかした煙草を消した。

「Aの明東不動産は我が社の子会社で、土地やビルの管理を行なっています。二〇〇七年までは二棟の賃貸マンションが建っていました。老朽化のため取り壊し、跡地には分譲マンションを建てる予定でした」

「リーマンショックで変更を余儀なくされた」

「おっしゃるとおりです」

小林が眉尻をさげた。

二〇〇八年におきたリーマンショックから立ち直る間もなく、三年後の三月に東日本大震災と福島原発事故が発生し、日本経済は混沌とした。都心の一等地でもオフィスビルは空き室が増え、テナントビルやマンションの建設計画は頓挫して更地は一時しのぎの駐車場になった。土地価格が動きだし、更地が再利用されるようになったのは二〇二〇年オリンピックの東京開催が決定してからのことである。

小林が続ける。

「Cには近森夫妻が住んでいます。夫の近森昭一さんはメガバンクに勤めていたのですが、ことしの春、六十五歳で退職。自宅は築四十年を過ぎて耐震性に不安があるという理由で、夫妻の出身地である秋田への転居を計画していたそうです」

「となると、面倒の相手はBか」

「はい」小林が前かがみになる。「図面のとおり、Bの土地は歪《いびつ》になっています。角地が自宅、中央の細長い部分は鋳物工場でした」

「過去形か」

「一年ほど前に廃業しました。増山さんは腕のいい職人と評判で、とくに調理器具は老舗料理店からの注文も多かったそうです。しかし、後継者に恵まれず、奥さんが認知症を患って特別養護老人ホームに入所したこともあり、やむなく工場を閉鎖したと聞いております」

「業績はどうやった」

「この数年はかんばしくなかったようです」

「借金はあるか」

「金融機関からの借り入れはありません。登記簿もきれいです」

「跡継ぎはいないのか」

「四十一歳の長女と三十五歳の長男がいます。長女は会社員と結婚し、子が二人。長男は父親の跡を継ぐ意志がまったくないそうで、現在は都内のイベント関連会社で派遣社員として働いているようです」

「曖昧やな」

「調査会社によれば、私立大学を卒業後はあまり家にも寄りつかず、仕事をころころ変えていると……現在の会社は二年目になるそうです」

「………」

鶴谷は視線をそらし、あたらしい煙草をくわえた。

ふかしたところで、本多が口をひらく。

「女房がいる特別養護老人ホームは設備もサービスもお粗末でね。わたしは、うちのホームに転入させ、近くにあるマンションも提供すると約束していた」

城東総合病院の敷地内にある特別養護老人ホームの部屋数は関東一、設備と介護体制は充実しており、入所するには高額の保証金が必要にもかかわらず、入所希望者は順番待ちの状態だという。

鶴谷は反応しなかった。愚痴の類は無視する。

小林があとを受けた。

「事態が急変したのは先週金曜のことです。我が社に弁護士が訪ねてきて、仮契約は破棄すると通告されました」

「所有者も来たのか」

「いいえ。弁護士がひとり……所有者の代理人だと言い、委任状を見せました」

「契約書の、破棄に関する条項はどうなっている」

「当事者が死亡もしくは責任能力を喪失した場合は白紙に戻し、相手側に瑕疵《かし》があれば、契約を破棄できると明記してある。が、所有者は健在で、当方には条項に抵触するような瑕疵などありません」

「弁護士は理由を話したか」

小林が首をふる。泣きだしそうな顔になった。

「売買交渉から仮契約を結ぶ過程で当方に瑕疵があったと……詳細については、訴訟沙汰になった場合に備えて、教えられないとも言われました」

「思いあたるふしは」

「ないです。念のため、交渉にかかわった全員から話を聞きました。我が社に落ち度はなかったと確信しています」

　鶴谷は視線を移した。

「あんたはどうだ」

「あるわけがない」

　本多が怒ったように言った。

　頷き、鶴谷は大谷に目をむけた。

「意見はあるか」

「ない。小林の仕事ぶりは評価している。信頼もしている」

「そんなことはどうでもいい」

　投げつけるように言った。

　大谷が眉をひそめた。顔が赤くなる。

　かまわず言葉をたした。

「瑕疵も落ち度もないのに、どうして俺を頼る」

「おいおい」本多が声を発した。「依頼主を責めてどうする」

「あんたは口をだすな」

はねつけるように言い、大谷を見据えた。

「瑕疵があろうと構わん。依頼を請ければ、仕事はやり遂げる。で、訊く。勝てる喧嘩を俺に委ねる理由は何だ」

大谷の顔はさらに赤くなった。ややあって、口をひらく。

「双方の話し合いでは解決しないと判断した。裁判になれば勝てるだろう。だが、訴訟をおこせば、歳月を要する。それで、きのう本多理事長に相談した。その場で、理事長はあなたの名前を口にされた」

「渋々、承諾したか」

「はっきり言って、気が進まなかった。わたしもこの業界は長い。人脈もある。あなたの仕事ぶりは承知している。連戦連勝、凄腕の捌き屋とも耳にした。が、半年前のことがある。請けた仕事は完遂したようだが、あなたの存在はマスコミの知るところとなった。警察もあなたを監視、いや、注視しているだろう。そんな状況下で依頼すればリスクを負いかねない」

「では、なかったことにするか」

さらりと返し、煙草をふかした。

「しません」大谷がきっぱりと言う。「裁判に時間がかかれば、本多理事長に多大な迷惑をかける。我が社は、栄仁会の事業にかかわってきた。病院および関連施設の建設は我が社が請け負った。何より、理事長はあなたの出馬を強く望まれている。もう迷いは捨てた。ぜひとも、あなたにお願いしたい」

「もうひとつ、訊く。本契約はいつ結ぶ予定だった」

「あと一週間もあれば……」

大谷が語尾を沈めた。

表情が曇った。悔しそうな顔にも見える。

「そのことはわたしが話す」本多が口をはさむ。「病院を開設するにはそれなりの準備がいる。もちろん、売買交渉を開始した時点で、関係各所への根回しを始めた。東京都や実績のある地域ならもっとすんなり進んだと思うが、神奈川県や川崎市とは縁が薄くて……永田町を動かし、ようやく目処がついたところだった」

「いいだろう」

鶴谷は煙草を消し、大谷に声をかけた。

「売買交渉の過程を記録した資料、所有者とその親族およびに交渉にかかわった人物の個人情報を早急に用意してくれ」

「交渉にかかわった人物には我が社の者もふくまれるのか」

「もちろん。俺には敵も味方もない。依頼主といえども信頼はしない」

「…………」

大谷が目を見開いた。

不満を通り越し、あきれ返ったような顔になる。

「瑕疵がある。相手がそう言ったのならなおさらだ。交渉を担当した者、調査にかかわった者……あなたが知らないだけで、彼らに非があったのかもしれない。が、心配するな。それでも、仕事はやり遂げる」

大谷が口をすぼめて息をついた。

「本社に帰り次第、用意する。手渡しにするか、メールで送るか……」

「ファクスで頼む」

ファクス専用の電話番号を教えた。名刺には肩書も住所もなく、氏名と携帯電話の番号だけが記してある。携帯電話は闇の流通品で、名義人は赤の他人である。

小林が手帳に書き留めるのを見て、言葉をたした。

「期限はあるか」

「なるべく早くということでお願いする」

本多にも声をかける。

「あんたの都合もあるだろう」

「来春にも工事を開始したい」

「遅くても年内には本契約を結ぶ……そういうことか」

本多がこくりと頷いた。

大谷が口をひらく。

「あなたの報酬は、すべての土地の購入代金の五パーセントでお願いできますか」

「承知した」

「失礼な話ですが、うまく行かなかった場合の報酬はどうなるのですか」

「いらん」

にべもなく返した。

大谷と小林が目を見開いた。

「失敗を想定して仕事を請けるやつがいるか」

「それは……」大谷が口ごもる。「そうですね」

顔は納得していない。

臨時雇いであろうと仕事の報酬は発生する。仕事でミスを犯し、雇い主に損害を与えようが取り決めた報酬はもらえる。

鶴谷はそれを是としない。成功報酬にこだわることで己を律している。

「着手金は一千万円でよろしいのですね」

大谷が言い、小林が紙袋を膝に載せた。札束をテーブルに移す。

帯封された百万円が二列五段になる。

目で確認し、鶴谷は一千万円をデイパックに入れた。

「よろしくお願いします」

大谷が頭をさげた。

「では、お開きにしよう。俺は、本多さんと話がある」

「承知しました」

大谷らが去ったあと、鶴谷は腰をあげた。

サイドボードに洋酒がならんでいる。きらめくグラスはすべてバカラ製である。

扉を開け、本多に話しかける。

「何を飲む」

「前祝いか」

「あんたの口を滑らかにするためよ」

「まったく……ブランデーを頼む」

ブランデーグラスとショットグラスを持ってソファに戻った。

本多がヘネシーVSOPを口にふくむ。

鶴谷はマッカラン18年のストレートをひと息に飲んだ。

「教えろ。仮契約からの一か月近く、どんな準備をしていた」

「いろいろある。さっきも言ったように、病院の開設には複雑な手続きが要る。近くに自治体が経営する病院があればなおさらだ。最新の高度な医療機器を入手するのにも時間と手間がかかる。優秀な医療スタッフもおなじ。医師も看護師も人材不足で、優秀なスタッフは口説き落とすのに難儀する」

「すでに大枚を叩《はた》いたか」

「ああ。が、カネはどうでもいい」

「カネ以外に、どんな手を使った」

「まるで検事の訊問だな」

本多が苦笑した。

「あんたに疚《やま》しいところがなければかまわん。あってもかまわんが、俺に隠し事はするな。うそもつくな」

「わかっている。こう見えても、わたしは慎重な人間だ。疚しいところはないし、わたしの動きが外部に洩れるようなまねはしない。が、常に相手があることだからね。絶対とは言わない」

「正直の頭《こうべ》に神宿る……それを忘れるな」

鶴谷はデイパックを手にした。

「もう行くのか」

「のんびりしていてもいいのか」

「そうだな。鶴首して朗報を待つよ」

言ってブランデーグラスをゆすり、美味そうに咽《のど》を鳴らした。


サンルームに入り、ブラインドを開く。

水槽の鯉が尾鰭《おびれ》をゆらした。水中の気泡が輝く。幅二メートル、高さ二メートルの水槽に棲むのは大正三色の錦鯉一匹である。いつも龍宮城のかたわらでじっとしている。陽光を感じて主の帰宅に気づいたか、ゆっくりと顔をむけた。

何歳になったのか。稼業で新潟を訪ねたさい錦鯉の品評会に出会《でくわ》し、衝動買いをした。あれから十年が過ぎた。

しばらく眺めたあと、部屋を出た。着替えを済ませてリビングのソファに座る。煙草を喫いつけ、スマートフォンを手にした。一回の着信音で相手がでた。
《はい、木村です》
元気な声だ。
待ち構えていたのか。そう訊きたくなる。
「会えるか」
《これからですか》
「きょう会えるなら、時間はまかせる」
《では、お言葉に甘えて、五時にしてください》
鶴谷は腕の時計を見た。
午後三時を過ぎたところだ。
「わかった。帝国ホテル一階のバーで。そのあとは空けておけ」
《そのように》
通話を切り、別の番号にかける。
《はい》
こちらは軽やかな声音だった。

「部屋か」

《そう》

「すぐ降りる」

電話を切り、煙草を消した。

ベランダに出て、まるい蓋を開け、スチールパイプの梯子を降りる。階下のベランダの窓は開いていた。

リビングのコーナーソファに寛いだ。

ほどなくキッチンのほうから菜衣《さえ》があらわれた。

白い七分丈のチノパンツに淡い黄色のニットセーター。栗色の髪はひきつめ、後ろで束ねている。十歳下の四十二歳。素顔は三十代半ばに見える。ときおり、自分よりも歳上に感じることもある。

湯呑み茶碗を手にした。渋みのあと、甘みがひろがる。和食器は有田焼、お茶は嬉野《うれしの》産。葉隠《はがくれ》の里に生まれた菜衣は郷土の特産品にこだわっている。

お茶を飲み、菜衣が視線を合わせた。

「お仕事を請けたの」

「…………」

「きのうまでと顔が違う」

「わかりやすくてええやないか」

「つまらない。いつになったらニースへ行けるのかしら」

「引退すると思うてたんか」

「密かに期待していた」

菜衣が肩をすぼめた。

男と女の関係を断ってまもなく十年になる。二年間付き合い、別れた。それでも菜衣との縁は切れなかった。いまは盟友。鶴谷は自分にそう言い聞かせている。

――今度おまえの寝言を聞くんは養老院や――

――南フランスがいいな。ブドウ畑と地中海――

そんなやりとりをしたのを憶えている。

菜衣の顔が締まった。

「どこからの依頼なの」

「本多さんや」

依頼の内容をかいつまんで話した。

菜衣は仕事の協力者でもある。菜衣が経営する銀座のクラブ『菜花《なのはな》』には企業人が大勢やってくる。誰が誰を連れて来店したとか、客席での雰囲気や様子を日記に書き留める。鶴谷はそれを〈閻魔帳《えんまちょう》〉と称している。

「本多さんの依頼ならことわれないね」

「そんなことはないが……もののはずみで請けたようなもんや」

まんざらうそではない。

――大阪に帰るか。東京はオリンピック景気やが、大阪も負けてへん。カジノは確実、来週末には万博の開催が決定するかもしれん。先行投資で、不動産業界と建設業界は大賑わいや。しのぎには事欠かん――

――勘弁してくれ。里帰りは骨壺に入ったときや――

――ほな、めそめそするな――

――あほくさ――

他愛のない会話に白岩の心根を感じた。

臆病風に吹かれたわけではないが、このまま仕事の依頼がこないことを望んでいたようにも思う。白岩は、自分の心の隙間を感じ取っていたようだ。

「もののはずみ……わたしもあやかりたい」

ぼそっと言い、菜衣が湯呑み茶碗にため息をこぼした。

見ぬふりをして話しかけた。

「依頼主は松葉建設や」

「大谷常務ね」

「ああ。菜花の常連やろ」

「ええ。最初は本多さんに連れられて……もう十五年になるかな。菜花をオープンしてからは接待で利用してくれるようになった」

「そのころの肩書は」

「たしか、営業統括部長になったばかりだった」

「順調に出世したわけか」

「そうね。難敵だと、同業他社の役員に聞いたことがある」

すらすら答えた。

菜衣は記憶力に優れている。〈閻魔帳〉は鶴谷のためにあるようなものだ。

「東和地所の杉江と来たことはあるか」

「二人で来たことはない。でも、業界のパーティーのあと、五、六人で来店したことはあった。うろ憶えだけど、あまり親しそうには見えなかった」

鶴谷は視線をさげ、お茶を飲んだ。

菜衣が話を続ける。

「大谷常務が気になるの」

「誰でも気になる。そういう稼業や」

「疲れるよ」やさしい声音になった。「大谷常務は仕事ではかなり強引らしく、強面《こわもて》だといわれているみたいだけど、性格的にはそうでもないと思う」

「なんでや」

「ことしの春、本多さんと一緒に来たとき、本多さんに言われたの。君は仕切り屋とか、気配り名人とかいわれているようだが、人の心が読めていないと……それをずっと気にしているみたい」

「本多さんは、気配りの質の話をしたのやろ」

菜衣が眦《まなじり》をさげた。

「康ちゃんも、本多さんに何か言われたの」

「講釈は聞いた。おおいなる勘違いや」

「どういう意味」

「人の心は誰にも読めん。察するだけよ。が、本多さんには感心する。自分には人の心が読めると信じている」

「それ、褒めているの」

「もちろんや。己の言動がぶれない人間は信用できる」

「良し悪しは別なのね」

「まあな。俺の稼業に善悪はない。相性も無視や」

「むりをすると、また……ごめん」

「…………」

視線をそらして聞き流した。

鶴谷にはパニック発作という持病がある。精神疾患の一種で、医師によれば、対人関係などによるストレスが原因で発症するという。初期症状を我慢していると、身体が硬直し、呼吸困難に陥る。この半年、症状はあらわれていない。術後の療養中はごく少数の、気心の知れた者としか会わなかったおかげだろう。

菜衣はそのことを知っている。

「康ちゃん」

声をかけられ、視線を戻した。

「なんや」

「わたしは何をすればいいの」

「いつもどおり。おまえは精神安定剤や」

菜衣が目をぱちくりさせた。見る見る頬が弛む。

鶴谷は顔をしかめた。

つい、口走ってしまった。


階上の部屋に戻ると、ファクスが届いていた。かなりの枚数だ。ざっと目を通してから封筒に入れた。サンルームのブラインドを閉じ、着替えを済ませた。ネイビーのコットンパンツにオフホワイトのボタンダウンシャツ、ブラウンのキルティングジャケット。封筒とセカンドバッグを手に部屋を出る。

白金通りでタクシーに乗り、千代田区内幸町《うちさいわいちょう》の帝国ホテルへむかう。

正面玄関からロビーを歩き、左側のバーに足を踏み入れた。隣接する『ランデブーラウンジ』は賑わっているが、バーは空席がめだつ。

奥の喫煙席に木村の背中を見た。

正面に座り、ウェートレスに声をかける。

「オールドパーの水割りを」木村を見た。「おまえは」

「烏龍茶を頼みました」

木村が答えた。

鶴谷は煙草をくわえ、火を点けた。ふかし、木村と目を合わせる。

「どうした。うれしそうな顔をして。待望の子ができたか」

からかうように言った。

木村はまもなく六十歳になる。

三十八歳のとき警視庁を退職し、同期の友と共同で優信調査事務所を設立した。四十五歳で二十歳下の女と結婚。鶴谷が知っているのは木村の経歴と優信調査事務所の業績で、それも十数年前、仕事の手足となる調査会社を物色しているさなかに入手した情報である。木村の私生活は知らない。訊ねたこともない。よけいな情報は足枷《あしかせ》になる。仕事に情が絡めば判断を誤る。木村も話さなかった。

木村が目で笑う。

「茶化さないでください。もう歳です。それに、この歳で子が生まれたら、重要な局面で決断が鈍るかもしれません」

「俺とのことか」にやりとした。「そのときは、俺を捨てろ」

「いまさらむりです」

あっけらかんと言った。

あのときのことは忘れろ。声になりかけた。

——木村はへこんどる。放って置けば自殺しかねん——

白岩にささやかれた。

木村は自責の念に駆られたのだ。

大手町の路上で襲撃されたとき、鶴谷はとっさに木村を突き飛ばした。自分が護るべき人に護られた。木村の心中は察するまでもなかった。が、白岩に言われても、木村の心の疵を癒せるような言葉は見つからなかった。そもそも、そんなものなどあるわけがないのだ。

この半年、木村が気丈に振る舞ってくれたことに感謝している。

ウェートレスがドリンクを運んできた。

水割りを飲み、煙草をふかしてから木村を見つめた。

「仕事や」

「賜わります」

木村の眼光が鋭くなった。

「依頼主は松葉建設。土地売買にまつわるトラブルの処理を依頼された」

依頼の内容を簡潔に話し、資料の入った封筒を手渡した。

「資料はあとで読め。用件を言う」

木村がショルダーバッグからノートとボールペンを取りだした。

「仮契約の破棄を通告した地主とその親族の身辺調査、東京第二弁護士会に所属する川上芳生《かわかみよしお》の個人情報を集め、資料と照らし合わせろ。資料の図面に記してあるほかの地主らの個人情報と、土地に関する情報も入手してくれ」

「あす一番で手配します。期限を教えてください」

「なるべく早く」

「依頼を請けるか否かの期限を切らなかったのですか」

「もう請けた」

「…………」

木村が目をまるくした。

おどろくのもむりはない。これまでは予備調査の結果を見て、受諾するか否かの判断をしてきた。依頼主に明白な法的瑕疵がある場合や、係争に警察当局が介入している場合はことわることもある。

「つぎに依頼があれば無条件で請ける……そう決めていた」

「なぜです」

「迷いたくなかった」

「あなたでも……いえ、すみません。聞き流してください」

「謝ることはない。俺も人の子……臆病風に吹かれるときもある」

木村がこまったような顔をした。

うそだとわかっても、返す言葉が見つからなかったようだ。

鶴谷はセカンドバッグを開き、封筒を手にした。三百万円が入っている。

「調査費用や。報酬の前金分はあすにでも振り込む」

「ありがとうございます」

「人員は確保できるか」

「はい。鶴谷さんから電話があったあと、準備しました。とりあえず五人編成で……状況に応じて五、六人は補充できます」

「頼りにしている。仕事の話はおわりや。行くぞ」

「どちらへ」

「浅草の鮨屋で光義と合流する」

「白岩さん、こっちに来ているのですか」

「とぼけるな」

木村が肩をすぼめた。

盟友の白岩と仕事仲間の木村が自分の知らないところでつながっているのは薄々感づいていた。前回の仕事でそれがはっきりした。想像以上の仲だった。さみしがり屋の白岩のことだから、木村に上京する旨を伝えたはずだ。

「きょうは、還暦祝いや」

「はあ」

「おまえの誕生日は来月の三日。それまでに仕事が片付くかどうか、わからん」

「恐縮です」

木村が頭を垂れた。なかなか顔があがらない。

無視し、鶴谷は席を立った。


この街の歩道は人の絶えることがない。男も女も脇目もふらずに歩いている。大手町のオフィス街でスマートフォンを見ながら歩く人がめだつようになれば、日本の行末はおぼつかなくなる。

鶴谷は、東和地所本社ビルの前で立ち止まった。襲撃された現場である。足元を見た。自分が倒れている映像はうかばなかった。

突風が流れ、枯葉が路上を舞う。乾いた音がした。

本社ビルに入り、一階ロビーの受付カウンターへむかう。

制服を着た女が立ちあがり、細面に笑みをひろげた。

「鶴谷様、お待ちしていました」

受付になじみの人がいるとほっとする。


三十三階にある応接室に案内された。

こちらもすっかり見慣れた。本来、依頼主との縁は引きずらない。例外は栄仁会の本多と東和地所専務取締役の杉江恭一《きょういち》だけである。

杉江はソファに座っていた。ダークグレーのスーツに濃紺のネクタイ。杉江はいつも清潔感を漂わせている。

「多忙な時間を割いていただき、申し訳ない」

丁寧に言い、杉江の前に腰をおろした。

「とんでもない。お会いできてうれしいです。体調は如何ですか」

「全快や」

いつもの口調に戻した。

「何よりです」杉江が顔を寄せる。「目元が腫れぼったく見えますが」

「悪友と飲み過ぎた」

「わたしとも遊んでください」

「そのうちな」

そっけなく返し、煙草をくわえた。

秘書の女がお茶を運んできた。

ひと口飲んで、杉江の目を見る。

「きょうは、教えてほしいことがあって訪ねてきた」

「何でしょう」

「東京第二弁護士会の川上芳生……御社と縁があったそうだが、知っているか」

「はい。二〇一〇年から五年間、顧問契約を結んでいました。前任者が高齢を理由に引退し、その方の紹介でした」

まるで用意していたかのように、すらすら答えた。

「どういう人物だ」

杉江が眉をひそめた。

「お仕事を再開したのですか」

「おそらく交渉相手になる。が、あんたに迷惑はかけん」

「そういうことではなく……いえ、わかりました。わたしが知っていること、我が社が把握していることはお話しします」

「助かる」

「川上氏は民事専門の弁護士ですが、係争の現場を担当することはほとんどなく、我が社のコンサルタントのような立場でした」

「あんたの評価は」

「何とも」杉江が苦笑をこぼした。「総務部によれば、調整能力に長《た》け、交渉事では押しが利くと……その点では我が社に貢献していただいた」

「五年契約だったのか」

「そうです。延長はしませんでした」

「どうして。本人が望まなかったのか」

「我が社との契約を望まない方がいるとは思えません」

言ったあと、杉江が表情を弛めた。

悪戯に成功したガキのような顔になる。

「おっしゃるとおりや。で、解雇の理由は」

「人脈に懸念がありました」

「やくざか」

「…………」

またこまったような顔になる。

「心配するな。中国のスパイでも尻込みはせん」

「そうですよね」杉江が相好を崩した。「五年ほど前、品川駅の近くに複合ビルを建設する計画が進行中のときでした。当初、建設予定地の売買交渉は順調だったのですが、それを知ったテナントビルの入居者が難癖をつけてきた」

「テナントビルの所有者が対応すべきだろう」

「そうなのですが、所有者に泣きつかれて……我が社の計画には欠かせない土地だったので、川上氏に仲裁役をお願いした」

「首尾は」

「予定外の経費が発生したけれど、土地は確保できました」

「川上は功労者やないか」

「表向きはそうなります。が、この話にはおまけがついていましてね。土地の売買契約が完了して一か月ほど経ったころのことです。或る暴力団の親分が我が社に面談を求めてきた。親分の言い分は、川上氏に相談され、話をまとめたのに誠意がないと……こちらは寝耳に水の話です。さっそく川上氏から話を聞きました。彼によると、親分に相談したのは事実だが、それなりの謝礼は渡したそうです」

「事実は違うのか」

杉江が首をふる。

「謝礼名目で経理課が三百万円を出金したのは確認しました。そのことを親分に確認したところ、三百万円は着手金として受け取ったのであって、成功報酬は一円も頂戴しなかったと……あらためて、その点を川上氏に問い質したのですが、釈然としない返答でした。で、わたしは調査会社に依頼した」

「二人はグルか」

「品川の件で、それを示す明確な事実は判明しませんでした。が、わたしの判断はクロです。親分が我が社を訪ねてきてから成功報酬を支払うまでの間に、二人は数回にわたり会っていました。川上氏からその報告はなかった」

やくざがよく使う手である。

企業や個人からトラブルの仲裁を頼まれても、依頼主に法外な要求はしない。成功報酬に関しても、「相応で」とか「お気持ち程度で」と言葉を濁す。それに疑念を覚えても、トラブルの解決を願う依頼者は相手の機嫌を損ねないよう対応する。

連中が本性を剝きだしにするのはトラブルが解決してからのことである。やくざを利用したという既成事実をつくるのが強請《ゆすり》の前提となるのだ。それを世間に知られたくない依頼者は警察に届け出るのをためらう。やくざは、依頼者が警察沙汰にしないよう駆け引きしながら、大金をせしめるという寸法である。

「幾ら払った」

「三千万円です。当初の要求は一億円でした」

「折半やな」

杉江が目をぱちくりさせた。

川上には充分な報酬を支払っていた。顔にはそう書いてある。

ふかした煙草を消し、鶴谷は口をひらいた。

「どこの親分や」

「義友会《ぎゆうかい》の野村という方です」

「新宿の義友会か」

「ご存知なのですか」

「言われて思いだした」

かつて稼業で衝突した。義友会は横浜市に本部を構える関東誠和会の二次団体で、野村会長は本家の副理事長を務めている。

鶴谷は右手で左腕を擦った。神経がささくれだした。

「どうかしましたか」

「何でもない。川上だが、いまも不動産業界や建設業界とかかわっているのか」

「さあ。わたしも、あなたの話を聞くまで彼のことは失念していました」

「俺が去ったら忘れろ」

「いいのですか。お手伝いすることはありませんか」

「大企業の専務を顎で使うほど能天気やない」

「では、情報提供の内容に応じた謝礼をください。協力者にはカネで応える……そうおっしゃったと記憶しています」

「正確に憶えろ。カネでしか応えられんのや」

杉江がにこりとした。

「それでも結構です。わたしが外部に依頼した調査の報告書を見ますか」

「いま用意できるのか」

「もちろんです」

杉江が固定電話の内線ボタンを押した。

ほどなく、秘書が茶封筒を持ってきた。

それを受け取り、鶴谷は腰をあげた。

約束の時間が迫っている。

「もうお帰りですか」

「あいにく、忙しい」

「結構なことです。近々、連絡しますので、お時間をつくってください」

杉江の声は背で聞いた。


外にでた。

空には雲がひろがっていた。街の風景がぼやけて見える。

道端に優信調査事務所の木村が立っていた。

近づき、声をかける。

「どうした。冴えない顔をして」

「場所が場所ですから」

声も元気がない。

あの日のことを思いだしていたのか。

そうなるのはわかっていた。が、あえてこの場所で待ち合わせたのだった。

「きょうをかぎりに忘れろ。復活の日や」

「そうですね」

木村の顔があかるくなった。

鶴谷の意図に気づいたようだ。

きびすを返し、路肩に停まるアルファードのドアを開ける。

動く前線基地である。オプション仕様の後部座席には細長いテーブルをはさんで五人が座れる。後方には仕事に必要な機材、冷蔵庫などがある。

木村がコーヒーを淹《い》れた。

「これからどちらへ」

「現場に行く」

木村が運転手に声をかけた。

鶴谷はカップホルダーを持った。エチオピアモカのストレート。香りが良く、雑味がすくない。木村は鶴谷の嗜好《しこう》も知っている。

「調査は順調か」

「はい。すこしずつ報告もあがっています」

頷き、鶴谷はコーヒーを飲んだ。

午前十一時になる。調査開始から三時間あまりか。

木村が言葉をたした。

「いい話を聞けましたか」

「うっとうしい野郎があらわれた」

「誰です」

「義友会の野村よ」

「えっ」

木村が頓狂な声を発した。たちまち表情が強張る。

忌まわしい記憶がよみがえったか。

八年前になる。鶴谷は、某建設会社から依頼を請け、某設計会社と対峙した。仕事は完遂したけれど、心に深手を負った。暴漢に襲われた鶴谷を庇おうとして、若者が命をおとした。木村の部下だった。若者を刺殺したのは義友会の若頭を務める梅木の乾分《こぶん》である。凶行に及ぶ数日前、犯人は義友会から破門されており、裁判では、義友会および野村会長の事件への関与は立証されなかった。

鶴谷は報復しなかった。盟友の白岩の血気を鎮めるのを優先した。

白岩とのやりとりは憶えている。

――狙われたんは俺や。俺の仕事の怨みや。おまえは関係ない――

――そうはいかん。おまえを襲うたやつは、六本木でわいがどついた小僧……わいやのうて、おまえの命を狙うたんは、親分の野村と、うちの本家へ火の粉が飛ばんようにするためや――

白岩は激昂し、自分が花房組を束ねていることも失念していた。

――わいはやる。おまえが殺されかけて黙っとれるか――

――俺は、生きとる。それに、まだ仕事は終わってへん――

――いつ終わる――

――死んだら――

あのとき、鶴谷は必死に説得した。白岩とおなじ気持だった。が、私情に走れば木村も動く。なにより、仕事の依頼主に迷惑をかける。鶴谷の一念は通じた。白岩は奥歯を噛んで堪《こら》え、木村は溢れんばかりの涙を胸に収めた。

「詳細はこれにある。あとで読め」

杉江がくれた調査報告書を手渡した。

木村が息をつく。

いますぐ読みたいと顔に書いてある。心中穏やかではないのだ。

「あれとこれとは別や」

「わかっています」

木村がきっぱりと言った。

「弁護士の川上と義友会の野村の関係をさぐれ。野村のしのぎも……やつは関東の産廃業者を束ねているが、役所にも建設業界にも顔が利く。今回の事案に、野村も絡んでいるのかどうか調べろ」

「承知しました」

答え、木村が携帯電話を手にした。

「わたしだ。いま話せるか……追加の依頼を言う……義友会会長の野村に関する最新の情報を入手してくれ……そう。関東誠和会だ。それと、二名を補充し、野村の監視を始めるよう指示しなさい」

木村が電話を切るのを見て、口をひらいた。

「監視は頼んでない」

「念のためです」

木村がにべもなく言った。

鶴谷は口をつぐんだ。何を言っても、逆効果のような気がする。

JR川崎駅の前を過ぎて、アルファードが徐行を始めた。

「つぎの信号の手前の左側の一区画です」

運転席の男が言った。

木村がテーブルに図面をひろげた。

それを見て、鶴谷は運転手に声をかける。

「図面は頭にあるか」

「はい。けさ早く、現場を確認してきました」

「図面Cの民家の前で停めろ」

左側の路地角で停止した。

車を出て、歩道に立った。

目の前に、いかにも古そうな民家がある。

木村が肩をならべ、前方を指さした。

「この一画は図面Cの近森家が戦前から所有していたそうです。高度成長期に、土地を管理していた赤川商事が自宅以外の土地を買い取り、AとBに転売した。といっても、Bの増山は戦後まもなく土地を借りて鋳物工場を経営しており、当時は業績が良かったこともあって土地を購入したようです」

「工場を閉鎖した理由は……後継者不在と女房の認知症か」

「経営難も理由のひとつでしょう。バブル崩壊後は業績が右肩下がり、二〇〇八年のリーマンショックの翌年からは赤字続きでした」

鶴谷は歩きだした。

赤川商事の前を通り過ぎ、元ファミリーレストランの前で立ち止まる。

「この店の業績はどうだった」

「十三年前にオープンし、三年間は黒字でした」

「ここもリーマンショックのあおりを食らったわけか」

「間接的ですが、そうなります。取り壊した二棟のマンションには百三十世帯ほどが住んでいたようで、ファミレスの元従業員によると、週末や祝日は家族連れの客で賑わったそうです。その客は離れても二年間辛抱すれば分譲マンションが完成し、新規の顧客が付くと算段したが、いつまで経っても建設工事は始まらず、跡地が駐車場になると聞いて、経営者は廃業を決意した。三年前のことです」

「あらたな借り手も、土地の購入者もあらわれなかったのか」

「その確認はできていません」

鶴谷は視線をふった。

赤川商事に気がむきかけた。が、足を前に進める。

つぎの角を左折した。

車道に白い矢印が見える。

木村が口をひらく。

「この一角は、時計とは逆回りの一方通行です」

「それも土地の価格に影響するのか」

木村が目元を弛めた。

質問の意図がわかったのだ。

「地価公示価格はおなじです。が、売却価格には差が生じるようです。幹線道路から近森家の角は左折できない。Bの増山家へ行くには一区画を周回することになるので車で移動する人は不便に感じるでしょう」

「たかが一分や二分」

あきれたように言い、駐車場の看板を見た。

月極と時間貸しの併用になっている。

「月極の契約はどうなっている」

「ここは一年契約で、ことし四月以降、新規契約と更新はしていません」

鶴谷は頷いた。

栄仁会の本多によれば、土地の売買交渉を開始したのは四か月前だという。松葉建設は土地購入に自信を持っていたということか。

駐車場の角を左折した。スマートフォンを見ながら歩いていれば車と接触しかねないほどの道幅である。これも土地価格に影響しそうだ。

また左折し、増山家の玄関の前で足を止めた。

右手を見る。

路肩に看板がある。〈増山鋳造所〉の文字はあちこち剝がれていた。

工場に近づいた。

車三台が駐車できるスペースの奥にある木造二階建てには錆だらけのシャッターが降り、その前で黒猫がまるくなっていた。

古い家屋を見つめながら、木村に話しかける。

「一年前に廃業したと聞いた。業績は赤字の連続……それなのに、松葉建設の資料によれば、増山鋳造所は銀行に借金がないそうだ」

「返済が完了したのです」

木村がさらりと答えた。

「どういうことや」

「創業以来、業績が好調な時期も、設備投資の名目で都市銀行と地場の信用金庫から融資を受けていました。が、山一證券が経営破綻したあと貸し剝がしに遭い、追加の融資を受けられなくなった。借入金を完済したことも工場閉鎖を決断した理由のひとつではないかと……元従業員の話です」

「工場を売却しようとは考えなかったのか」

「そういう話は聞かなかったようです」

「その従業員はいつまで働いていた」

「工場が閉鎖されたあとも、三か月ほどは後処理のために働いていたそうです」

増山の自宅のほうに移動する。

「ここで待て。挨拶してくる」

言って、玄関脇のインターフォンを押した。

応答がない。

鶴谷はドアノブに手をかけた。回すとドアが開いた。

「増山さん、おられますか」

薄暗い廊下にむかって声を発した。

足音がし、男があらわれた。

三十歳前後か。側頭部を刈り上げ、前髪を垂らしている。白いハイネックシャツにグレーのフルジップパーカー、だぶだぶのジーンズを穿《は》いている。

さぐるような目つきで口をひらく。

「どちら様で」

ねっとりとしたもの言いだった。

「鶴谷と申します。松葉建設の代理人として、ご挨拶に伺いました」

「主はいねえよ」

「あなたは」

「留守を頼まれた。わかったら帰れ」

男が踵《きびす》を返そうとする。

鶴谷は上《あが》り框《がまち》に片足をかけた。腕を伸ばし、男の右腕を取る。

「何しやがる」

男が声を荒らげた。

かまわず腕を引き、よろける男を壁に押し付けた。左手で首を摑む。

「留守を頼まれたのなら、訪問客は丁寧に扱え」

「ふん」

右拳を男の脇腹に叩き込んだ。

男がうめき、腰を曲げる。

「おまえは誰や」

「この家の身内だ」

「名前を訊いている」

「中西……こんなまねをしやがって、ただで済むと思うなよ」

無視し、男の身体にふれる。

ジーンズのポケットからスマートフォンを取りだした。画面にふれる。

「やめろ」

男がわめいた。

幾つか確認し、スマートフォンを元に戻した。

「中西晶……身内というのはほんとうか」

「ああ」

「増山さんのフルネームを言え……娘と息子の名前は」

「…………」

男が口をもぐもぐさせる。

鶴谷は手を離した。

「邪魔したな」

ドアを開け、そとに出た。

木村が近づいてきた。

「うめき声が聞こえましたが」

「空耳やろ」

そっけなく返し、幹線道路にむかって歩く。

木村が追いついた。

「誰と話したのですか」

「ちんぴらや」

家の中でのことを話した。

「むこうの弁護士が雇ったのでしょうか」

「弁護士は知恵がまわる。トラブルのタネになるようなまねはせん」

「そうですね」

気のない返事をし、木村が首をひねった。

鶴谷は、中西と名乗る男の監視を依頼した。

歩きながら、木村が携帯電話を耳にあてる。

指示は電話で伝える。メールは記録に残るからだ。どんなに情報管理を徹底しようとも、司法当局は、手続きを踏めばメールの文言を閲覧できる。実際、元公安捜査員の木村は古巣の仲間から詳細な個人情報を入手している。

木村が携帯電話を畳んだ。

「調査員が到着するまで約十五分かかります。待ちますか」

「その必要はないやろ」

言って、鶴谷はアルファードに乗り込んだ。

「○×○—三△×四—八×△×……野郎のスマホの番号や」

「位置情報を確認します」

木村がノートパソコンを操作する。

「中西晶……アキラは水晶の晶。ケータイの名義人の確認と通話記録も頼む」

木村が追加の指示をしたあと、鶴谷は話しかけた。

「増山の女房がいる特養ホームの場所はわかるか」

「はい。現在、調査員が聞き込みをしています」

「夫もいるのか」

「未確認です」

「俺も行く」

鶴谷はシートにもたれた。

★

★

北区曾根崎の露天神社《つゆのてんじんしゃ》、通称お初天神の境内に柏手が響き渡る。

旅から帰ったら、無事の帰還を報告する。長い習慣になった。

「白岩のおじさん」

あかるい声がした。

姿を見なくてもわかる。鶴谷の一人娘の康代である。

康代が近づいてきた。白のチノパンツにモスグリーンのダッフルコート。布製のシヨルダーバッグを襷《たすき》に掛けている。京都の女子大に通っている。

「どこに行ってたん」

「東京よ。康代ちゃんはこれから学校か」

「そう」

「三回生やな。就職先は決まりそうか」

「二社とチャットでやりとりしている。けど、就職するか、わからん」

「なんでや」

「三代続いた蕎麦屋の暖簾《のれん》を降ろすわけにもいかんやろ」

「難儀やのう」

「そうやねん。けど、就職できんでも、極道にはならん」

康代が目で笑った。

「勘違いしたら、あかん。花房組は第一志望や。第二も第三もなかった」

「変なの。天下の大阪大学《ハンダイ》、それも経済学部を卒業して極道になるなんて、後にも先にもおじさんひとりや」

「褒めてくれて、おおきに」

「褒めてへん。けど、貶《けな》してもない。おじさんは漢《おとこ》や。最近つくづく思う……男の値打ちは学歴や職業やないて……ツルコウも」顔を寄せる。「会うた」

鶴谷のことだ。白岩と康代が使う符牒である。

「元気や。もう心配いらん」

「それって、ツルコウ……性懲りもなく仕事を始めたの」

「さあ」

白岩はとぼけた。

康代は、母親に内緒で三度も上京し、鶴谷を見舞った。メールでもやりとりをしていたという。救急車で運ばれた病院では、初めて康代の涙を見た。

「あいかわらず、演技が下手やね」

くすっと笑い、康代が背をむけた。

石畳に出たところで康代と別れ、近くにある花房組の事務所へむかう。


「兄貴、遅いわ」

事務所の応接室に入るなり、咬《か》みつかれた。

一成会の金子克。かつては花房組四天王のひとりで、白岩が花房組の二代目に就いたさい、兄弟分の石井忠也と共に本家若衆として盃を直した。

「和田から昼までには帰ってくると聞いたさかい……」

「怒鳴るな」

制し、ソファに腰をおろした。

「すみません」

和田信が身を縮めた。

花房組若頭の和田は絵に描いたような無骨者だ。白岩は組内の一切を九歳上の和田に委ねている。最近は他所との義理掛けも和田にまかせるようになった。

「おまえが謝ることやない。わいが寝坊したんや」

やさしく言い、金子に目をむける。

「けど、おまえと約束した憶えはないぞ」

「話がある。それも、一大事や」

金子が呟き込むように言った。

「おまえも子ができたか」

言って、煙草をくわえた。

「冗談を言うてる場合やない」

金子が前のめりになる。

二の句を発する前に、坂本隼人《さかもとはやと》が入ってきた。部屋住みの若衆である。二十八歳を過ぎても事務所を出たがらない。いまでは和田の右腕になった。

「親分、お帰りなさい」

笑顔で言い、湯呑茶碗をテーブルに置く。

「鶴谷さんの体調は如何でしたか」

「性懲りもなく、稼業に復帰した」

「何よりです」

坂本が声をはずませた。

また手伝えると思ったか。鶴谷が負傷した案件では坂本も報酬を得た。が、カネではない。坂本は、白岩と鶴谷の役に立ちたいのだ。

「叔父貴、ごゆっくり」

金子にも声をかけ、坂本が立ち去った。

「ええ若衆になったのう。親はなくとも子は育つ……あいつが見本や」感心するように言ったあと、表情を戻した。「それどころやない」

「どうした」

白岩はお茶を飲み、煙草をふかした。横目で和田を見る。

おおきな身体は縮んだままである。金子から話を聞いたようだ。

金子が口をひらく。

「六代目が引退の腹を固めたそうな」

「ん」

「糖尿病が悪化して……来年の春にも引退するとの話や」

「確かなんか」

にわかには信じられなかった。

持病があるのは知っている。大事な催事を欠席したのも一度や二度ではない。が、一成会六代目の山田《やまだ》隆之《たかゆき》は権力の座にしがみついてきた。

「若頭の黒崎がミナミの酒場で口を滑らせたようや。跡目の座がちらついて、はしゃぎすぎたんやろ。同席していた舎弟が耳を疑い、黒崎に確かめた。すると、黒崎はこまったような顔をして指を口にあてたそうな」

「おまえは舎弟から聞いたのか」

金子が首をふる。

「おなごや。馴染みのホステスが席に着いていた。で、その話を聞いて、それとなく舎弟にさぐりを入れたが、とぼけられた」

「誰や」

「恩知らずの平田さんよ」

金子が吐き捨てるように言った。

先代の花房が本家の権力闘争に敗れて引退したあと、花房と縁が深かった古参組長の数名が寝返り、山田に擦り寄った。平田もそのひとりで、一成会若衆から舎弟に盃を直した。舎弟の三分の二は山田派である。

「うわさの類やろ」

「口にしたのは黒崎やぞ」金子がむきになる。「六代目の病状や動向を知っているのは腰巾着の黒崎と、寝業師の角野《かどの》しかおらん」

角野甚六《じんろく》は本家の事務局長である。山田会長誕生の立役者として名前を売り、いまでは我が物顔で本家を牛耳っている。若頭を決めるさいも山田の意を受けて角野が根回しをした。もっとも、若頭人事では揉めなかった。花房が白岩の若頭補佐就任を山田に談判したからで、山田は黒崎淳の若頭登用を条件にそれをのんだという。

白岩は煙草で間を空けた。

「気が気でないのはわかる。けど、先走るな。おまえが下手に動けば組織がゆれる。それと、先代の耳には入れるな」

「むりや」

　金子が眉をひそめた。

「話したのか」

「話すもんか。喋ったのは兄貴のほか、石井の兄弟だけや。けど、平田さんは口が軽い。八方美人で、寝返ったくせに、先代の身内ともつき合いがある。先代の耳に入るのは時間の問題や」

「しゃあない。そのときはわいが何とかする」

　金子が目を見開いた。

「悠長に構えている場合やないで。角野のことや。六代目引退のあとも院政が敷けるよう、黒崎七代目にむけて根回しを始めたかもしれん」

「滅多なことを言うな」

「いや、言う。二度までも煮え湯を飲まされてたまるか。兄貴の七代目は俺らの……花房一門の悲願や。角野の命《タマ》を獲《と》ってでも成し遂げる」

「あほなことを」

「石井の兄弟もおなじ覚悟よ」

　白岩はため息をついた。

金子と石井の気性は熟知している。二人にとって角野は心火の敵である。

ふかした煙草を消し、金子を見つめた。

「わいが調べる。真相がわかるまで動かんと約束せえ」

「それなら、期限を切ってくれ。俺は夜も眠れん」

「寝るな」

にべもなく言い、白岩は腰をあげた。

「兄貴、どこへ行くのや」

「どあほ。手を打つのやないか。おまえは帰れ。和田とも相談するな」

「…………」

金子があんぐりとした。

和田は亀のように首をすくめた。


玄関の前で坂本が待ち構えていた。

「親分、お伴させてください」

喜色満面で声を発した。

「和田に監視を頼まれたか」

「警護です。それも、若頭に言われたのではありません」

坂本がメルセデスの後部ドアを開ける。

「前でええ」

白岩は助手席に乗った。

坂本が運転席に座り、シートベルトを着ける。

「どちらへ。大国町《だいこくちょう》ですか」

「黒崎と喧嘩したけりゃ、ひとりで行かんかい」

一成会本家は浪速区大国町にある。

坂本の顔が締まる。目つきがきつくなった。和田のような無骨者ではないけれど、
坂本に冗談は通じない。それを忘れていた。

「殺《や》れと言われれば、いつでも行きます」

「あほか。北新地や。堂島アバンザの近くで停めろ」

坂本が車を発進させる。

「鶴谷さん、捌きを始めたのですか」

「依頼が来たそうな。たぶん、請けるやろ」

そのことも気になっている。

きのうも夜明けまでどんちゃん騒ぎをした。連夜の深酒は応える。五十歳を過ぎてから身体に酒が残るようになった。

けさ、シャワーを浴びるさなかに思いだし、鶴谷に電話をかけた。が、つながらず、数分後にショートメールが届いた。

——忙しい——

愛想のかけらもない文言だった。

それでも、安心はする。ふやけた鶴谷は見たくもない。

「そうなれば、親分も加勢されるのですね」

「おまえ、小遣いがほしいのか。女ができたか」

「いいえ。好きな人はいますが、眺めるだけです」

あかん。白岩は胸でつぶやいた。

坂本は康代に気がある。薄々気づいていたが、重症とは思っていなかった。

「康代ちゃんは諦めろ。百歩譲って、わいが見て見ぬふりをしても、鶴谷は黙ってへん。わいが殺される」

「ご心配なく。わきまえています。それより、忙しくなりますね」

「ん」

「東京も大阪も……自分をこき使ってください。何でもやります」

「ほな、頼む。和田を監視しろ。で、逐一、報告せえ」

「スパイをやれと」

「そうよ」

さらりと返した。

金子や石井に負けず劣らず、和田の血は熱い。先代への恩義を片時も忘れずに生きている。それがわかっていたから、和田を花房組若頭に抜擢したのだった。

坂本の顔が曇る。

「おまえ、和田と金子の話を聞いていたやろ」

「聞こえたのです。日ごろは温厚な若頭が激怒されて……」

「どんな話をしていた」

「それは……わかりました。金子の叔父貴が、いざとなれば親分に内緒で動くと……若頭は、そのときは自分に声をかけてくれるよう頼んでいました」

「…………」

あきれてものが言えない。

右前方に堂島アバンザが見える。

「そのへんで停めろ」

「駐車場に入れます」

「入れんでええ。もう忘れたのか。事務所に帰って和田に張り付け」

「はい」

情けない声がした。


北新地のはずれにある花屋の前には長方形の段ボールが山積みになっていた。その前で、男女が手を動かしている。ジーンズとパーカーは揃いの色だ。

「精がでるのう」

二人がふりむく。

「白岩さん、こんにちは」

声も揃った。

花屋の店員で、来年に結婚を予定している。

「女将は」

「スタッフルームにいます」

女が答えた。

「こんやは北風が吹くそうや。風邪ひくな」

ひと声残し、店内に入った。

開いているドアから顔を覗かせる。

「あら」

入江《いりえ》好子《よしこ》が顔をほころばせた。

二十歳のとき、心斎橋の路上でちんぴらに絡まれていた好子を助けようとして顔に深手を負った。以来、即《つ》かず離れずの関係が続いている。

「喫茶店に行こう」

「ここにして。これから注文がくるさかい」

そう言われるとは思っていた。

まもなく午後五時になる。北新地の夜が開く時刻である。

好子がちいさなキッチンの前に立った。

三畳ほどのフロアは足の踏み場もない。デスクが二つに増えた。二面の壁にはスチール棚、もう一面には段ボールが重なっている。

白岩はパイプ椅子に腰をおろした。

「景気はどうや」

「おかげさまで、順調です」

声があかるい。

大阪の景気が回復してきたのを実感しているのだろう。

東京の歓楽街はリーマンショックと東日本大震災、福島原発事故で大打撃を被ったが、大阪はバブル崩壊以降、ずっと不況のどん底で喘いでいた。その大阪もようやく復興の兆しを見せている。大阪湾の埋立地に予定されているカジノをふくむＩＲ構想と大阪万博の開催が現実味を帯びているからだ。大阪の地価は上昇し、梅田界隈のホテルは予約を取るのがむずかしくなった。

好子がマグカップを運んできた。

椅子に座り、顔をむける。

「何かあったの」

「ん」

「忙しい時間帯だとわかっていて……ちょっと恐い顔をしている」

「……………」

白岩は顔をしかめた。

反論の余地はない。胸の内を読まれている。

好子が視線をずらし、パソコンのキーボードにふれた。

ジャスミンティーを飲み、パソコンの画面を覗き込んだ。

「注文か。めんどいのう。電話一本で済むのに」

「メール一本で済むのよ」

「そうですか」

あっさり返した。

味気ない世の中になった。挨拶は会話の始まり、そこから人間関係が生まれる。

そんなふうに思うのはスマートフォンを持たない者のやっかみか。

好子が手の動きを止める。

「気にしないで。何かあったの」

「先代と会《お》うてるか」

子に恵まれなかった花房夫妻は好子を溺愛し、頼りにもしている。

「ひと月ほどお顔を見てない。けど、おかあさんとはメールでやりとりしている。写メも送ってくれます」

「元気そうか」

「ええ。おとうさんも笑顔で……」好子が目をぱちくりさせた。「おとうさんの病状が悪化したの」

「それはない」

　白岩はあわてて答えた。

「でも、ご夫妻のことで来たのでしょう」

「そうや。手の空いたときでかまへん。ときどき、様子を見てくれ」

「理由を教えて」

「稼業の話や」

　白岩は躊躇《ためら》いを捨てた。好子に稼業の話はしないと決めていた。が、事情を話さなければ、好子も対応にこまる。

　金子の話をかいつまんで教えている間にも数件の注文メールが届いた。デスクの脇のファクスも稼働した。返信しながらも、好子が耳を欹《そばだ》てているのはわかった。

　好子が手を休める。

「あなたも難儀やね」

「しゃあない」

「本家の会長になりたいの」

「……………」

白岩は眉根を寄せた。

そんなことを言われたのは初めてである。好子の目はつめたく感じられた。

感情が声になりかけた。堪え、口をひらく。

「わかりました。でも、おとうさんがうわさを耳にしたらどうすればいいの」

「ご夫妻を頼む」

「そのときは俺がきっちり話をする」

「うちは、おとうさんの身体に負担がかからないよう努めるのね」

「できるか」

「まかせて」

好子の声が元気になった。目の光も元に戻った。


男の顔を見て、思わず頬が弛んだ。短髪の細面、口の周りの無精髭がめだつ。

半年の空白期間が一気に縮まった。変われないのか、変わろうとしないのか。どちらにしても、そんな人間を見ると親近感を覚えてしまう。

北新地にある『ANAクラウンプラザホテル』のラウンジに入ったところだ。

探偵の長尾《ながお》裕太《ゆうた》は、壁際の席で身体を傾けていた。ものぐさそうな顔をして、壁の一点に目をやっている。

「変わらんのう」

そっけなく言い、長尾の正面に腰をおろした。

「はあ」

投げやりなもの言いもおなじだった。

白岩は、ウェートレスにブレンドを注文し、視線を戻した。

「稼ぎはどうよ」

「あんたのおかげで年を越せそうや」

「前回の稼ぎをちびちび減らしているのか」

「ふん。俺のことよりも、自分のことを心配しろ」

長尾は対等に口を利く。が、気にはしない。下手にでられたら警戒する。

「そういう状況か」

「勘や。マル暴担の連中は一様に口が堅い。それどころか、俺を避けるやつもいる。前回の件で、俺とあんたがつながったのを知っているのやろ」

長尾は元警察官である。在職中はマル暴担当ひと筋だったという。

大阪府警察本部捜査四課の管理官、富永警部に紹介された。

――辞職だ。やつは自分が手錠をかけた男の情婦とできた。ばれたらクビやが、それが知れたのはやつが辞めたあとよ。男は傷害と恐喝の罪で六年の懲役……肺がんで服役中に死んだ。その直後に退官した――

富永の言葉が気に入り、長尾を雇ったのだった。

「迷惑をかけたな」

「しおらしいことを言うな」長尾が目で笑う。「俺はすべてを丸呑みして仕事をやる。リスクも仕事の内よ」

「見習いたい」

白岩も笑って返した。

ウェートレスがコーヒーを運んできた。

ひと口飲んで煙草を喫いつける。

長尾の眼光が増した。

「一成会の現状を教えてくれ」

聞き取れないほどの声になった。自在に声量を調節できるようだ。

「そんなこともわからんのか」

「いまの時代、まばたきするうちに様子が変わる。真贋混じって情報が乱れ飛び、おまけに、極道者は節操を失くした」

「極道社会にかぎらんやろ」

「まあな。で、どうなんや」

「わいも、本家の内情には疎いねん」

正直に吐露した。

「極楽とんぼか。それで、一成会のてっぺんを狙えるのか」

長尾があきれたように言った。

「なるようにしかならん。花房組組長としては俎板《まないた》の鯉よ」

「白岩光義は己の義に生きるわけか」

「くだらん」煙草をふかした。「電話で話したとおり……山田会長は専制君主やが、筋は通す。本家の催事を仕切っているのは事務局長の角野や。若頭の黒崎は会長の腰巾着、カネで世話になっている角野には頭があがらん。知っているのはそれくらい、それも身内の話やさかい、実態はわからん」

長尾が眉をひそめた。背をまるくする。

「引退のうわさの真偽のほどはまだはっきりせん。が、山田が弱気になっているのは確かなようや。四課の刑事が担当の医師から事情を聞いた。三か月ほど前のことらしい。糖尿病はかなり進行している。網膜症を併発し、失明の恐れがあるそうな」

「本人もわかっているのやな」

「医師は山田とのつき合いが長く、引退を勧めたそうやが、三か月前の時点では迷っているみたいだったと……医師から話を聞くつもりだ」

「元刑事《デカ》にやれるのか」

「四課の刑事に同行する」

長尾がにやりとした。

「本家の周辺の情報は」

「もうすこし待ってくれ。さっきも言うたとおり、しがらみのある所轄署の刑事どもはあてにならん。まあ、脛《すね》に傷を持つ連中やさかい、いざとなれば口を割らせるが、とりあえず四課に頭をさげた。古巣の南署にも……一成会幹部の中にはミナミを縄張りにしているやつらが多いからな」

白岩は頷いた。

舎弟の平田も若衆の石井もミナミを島にしている。

「くれぐれも混同するなよ」

「あんたの身内は頭にある。とくに、石井には頼まれても近づかん」

「賢い。あいつは狂犬や。一途で頑固で、始末に負えん」

「身内は武闘派ぞろいやさかい、やきもきしているのやろ」

「わかったような口を利くな」

「すまん」

あっさり詫び、手を差しだした。

白岩はコットンパンツの尻ポケットをさぐった。

財布は持たない。セカンドバッグを持ち歩く習慣もないので、カネはジャケットやパンツのポケットに入れている。

十万円の束を二つ、長尾の手のひらに載せた。

「軽いな」

「今回は金主がおらん」

「関係ない」

澄ました顔で言い放った。

「強欲な野郎は嫌われるぞ」

「もう充分に嫌われ者よ」

ああ言えばこう言う。

白岩はおおげさにため息をついた。

「契約は五十万円で頼む」十万円を上乗せする。「三十万円は着手金や」さらに二十万円を加えた。「経費にせえ」

にんまりとし、長尾が万札を握った手を引っ込める。

「ほかに指示はあるか」

「まずはうわさの真相や。くわしい病状も頼む」

「わかった。二、三日でめどをつける」

「頼む。腹が減った。飯につき合え」

「六階の中華か。下のステーキでもかまへん」

「寝言は死んでからにせえ。近くのうどん屋よ」

「黒門か」

長尾の声がよろこんだ。

ホテルを出て、左手にすこし歩けば、『黒門さかえ』がある。細打ちうどんの店で、カレーうどんとざるうどんは絶品だ。小鉢も品数が揃っている。

長尾が言葉をたした。

「二次会にはつき合えん。馳走になったら、腹ごなしにミナミを散歩する」

「あてがあるのか」

「ないこともない。山田の昔のこれが」小指を立てる。「店をやっている」

「縁が切れたんやろ」

「そういう話やが、山隆《やまたか》組の連中が出入りしている」

山田は本家の会長になったさい、自前の組を若頭に禅譲した。二代目山隆組もミナミに事務所を構えている。主な資金源は覚醒剤と債権整理と聞いている。

「ええ女はおるか」

「山田の女はべっぴんや。ほかに小娘が二人。ありふれたカラオケバーよ」

言って、長尾が腰をあげた。

白岩は伝票を手にした。

★　★

大安吉日の七五三を祝うかのように、空は朝から晴れ渡った。

白金のマンションを出て、鶴谷は深呼吸をした。

左腕が痺れている。ひどくはないけれど、対処しなければ悪化しそうだ。

稼業に復帰したことが不安なのか。悪い予感がするのか。斟酌すれば身体が精神安定剤をほしがる。無視し、仕事に集中することだ。精神疾患は気の病だから、そうすることで症状が消える。そう信じ込んでいる。

路肩に停まるアルファードのドアを開けた。

「おはようございます」

木村が元気な声を発した。

調査は順調のようだ。

鶴谷が座るのを待って、木村が言葉をたした。

「報告書は読みましたか」

頷き、煙草を喫いつける。

きのうの深夜、初回の報告書がファクスで届いた。

木村がコーヒーを淹れる。

「増山の所在は不明のままです。調査員が自宅に張り付いていますが、きのうは帰宅せず、けさも姿をあらわしません」

「特養ホームの防犯カメラの映像は入手したか」

「ええ。現在も解析中です」

きのう、増山の家を去ったあと、武蔵小杉にある特別養護老人ホームを訪ねた。増山は午前中に妻を見舞っていた。帰るさい、ホームの職員が黒のセダンに乗る増山を見たという。増山の親族や知人に似た車を所有する者はいなかった。

質問を続ける。

「長男と長女の家にも張り付いているのか」

「はい。どちらにも増山がいる気配はないそうです。近隣住民に増山の写真を見せたのですが、誰も見覚えがないとのことでした」

「長男の翔一はどこにいる」

「確認します」

携帯電話を手にし、短いやりとりで通話を切った。

「きょうの朝方に帰宅したあと、アパートから出てこないそうです」

「行こう」

木村が運転手に指示した。

鶴谷はコーヒーを飲んだ。煙草をふかし、話しかける。

「中西の素性はわかったか」

「はい。けさ、古巣から回答が届きました。本名は中西晶で間違いありません。スマホも本人の名義です。中西は前科一犯。傷害および恐喝の罪で二年六か月、五年の執行猶予は来年三月で満了となります」

「何者や」

「それが……」木村が眉を曇らせる。「組織犯罪対策部のデータによれば、梅木組とつながっているようです」

義友会若頭の梅木は自前の組を持っている。八年前は七人の組員がいた。

「梅木の事務所は五反田やな」

「そうです。中西は事務所から十分ほどのアパートに住んでいます」

「独り者か」

「同居人はいないようです」

鶴谷は報告書の文面を思いうかべた。

中西はきのうの夕刻に増山の家を出た。ＪＲ京浜東北線と山手線を乗り継ぎ、五反田駅で下車した。駅前のパチンコホールで二時間ほど遊び、ピンクサロンに入った。一時間後にはショットバーに移り、午後十一時過ぎに帰宅している。

梅木の事務所に寄ったという記述はなかった。

「通話記録を調べたか」

「きのうは、鶴谷さんが去った数分後に電話をかけています。が、相手のケータイの名義人に疑念があります。おそらく、ウラもの……パチンコホールに入る前にもおなじ番号に……そのとき、周囲に目を配っていたそうです」

「ほかは」

「メールのやりとりが二回あります。ピンクサロンに入る前と、日付が変わった直後……ピンサロ嬢にふられたようです」

「のどかで、うらやましい」

そっけなく返した。

木村がテーブルの資料を見てから口をひらく。

「弁護士の川上ですが、増山および義友会の野村との接点は摑めていません。警察データにも川上と野村の関係を示すものはありませんでした」

報告書には川上の経歴と人脈が記してあった。

「きのう渡した資料を精査しろ」

「東和地所がかかわった案件ですね」

「ああ。気負うなよ」

「そんなふうに見えますか」

「鏡で確かめろ。俺は、おそろしくて鏡を見ないようにしている」

木村が表情を弛めた。

「では、鶴谷さんの顔を鏡だと思います」

鶴谷は眦をさげた。

自分も、木村の言動に接して自分を戒めることがある。


増山翔一が住むアパートは蒲田西口商店街の裏手にあった。木造二階建て。通路側にある八つの窓はどれも閉まっている。

木村が外階段の脇にあるメールボックスの前で腰をかがめた。二〇一のネームプレートは白紙だった。投函口を覗き、ダイヤル式の丸ノブを引いた。十数枚のチラシがこぼれおち、風に舞った。

「ものぐさなのでしょうか」

言って、木村がメールボックスから封筒と葉書を取りだした。宛名と送り主を確認したあと、二枚の葉書をひらひらさせる。

「サラ金の督促状のようです」

「車で待て」

「はい」

あっさり応じた。

鶴谷がICレコーダーを持っているから安心なのだ。

外階段をあがり、二〇一号室のドアの前に立った。インターフォンを押したが、応答がない。物音も聞こえない。

ドアをノックし、声を発した。

「調査会社の者です。増山鋳造所の土地の件で参りました」

すぐに足音が聞こえ、近くで止んだ。

鶴谷は、ドアスコープの前に名刺をかざした。〈優信調査事務所　主任調査員〉と記された名刺を持ち歩いている。木村が用意してくれた。

「お話を伺えないでしょうか」

解錠の音がし、ドアが開く。

瘦軀《そうく》の男だった。グレーのスエットの上下は薄汚れている。病人のように肌色が悪く、両方の目尻に脂《やに》がついている。

夜勤明けで寝ていたのか。優信調査事務所の報告によれば、翔一はイベントが行なわれる会場での作業が多いという。

「増山翔一さんですね」

「ああ。あんたは」

食ってかかるように言った。

強がっているが、気は弱そうだ。瞳がゆれている。

「鶴谷と申します。ある建設会社の依頼で、調査をしています」

「会社の名前は」

「それは言えません。守秘義務があります」

「話にならん」

翔一がドアを閉めようとする。

鶴谷はノブを摑んだ。

「あなたにとっても大事な話です。失礼ながら、謝礼も用意しました」

「幾ら」

鶴谷は、セカンドバッグから祝儀袋を取りだした。こんなことは頻繁にあるので三万円、五万円、十万円の祝儀袋を用意している。三万円のそれを手渡した。

翔一が中を覗く。表情は変わらなかった。

「お話の内容次第では二倍でも三倍でもお渡しできます」

「…………」

翔一の頬が弛んだ。が、さぐるような目つきに変化はない。

鶴谷は畳みかけた。

「こちらの質問に答えていただければ相応の謝礼を用意します」

「ほんとうか」

「はい。中に入れてください」

「散らかっている。腹も減った」

「わかりました」

「支度する」

翔一が背を見せた。


蒲田西口商店街の喫茶店に入った。

翔一が迷彩模様のブルゾンを脱ぎ、窓際の席に座った。格子柄のボタンダウンシャツとジーンズに着替え、スニーカーを履いている。

「カレーの大盛りとアイスコーヒー」

ウェートレスに言い、煙草をくわえて火を点ける。

鶴谷はコーヒーを頼んだ。

翔一が目を合わせる。

「何が聞きたいの」

口調がやわらかくなった。

「増山安治さんが自宅と工場の土地を売ろうとしているのはご存知ですか」

「ああ。姉に聞いた」

「本人からは聞いてないのですか」

「何年もまともに話してない。二か月ほど前に特養ホームで鉢合わせしたが、無視された。俺を嫌っているんだ。俺がやることには何でも反対しやがる」

怒ったように言い、煙草をふかした。

鼻の穴からも大量の紫煙が流れでた。

「仲が悪いのは家業を継がなかったせいですか」

「あんな辛気臭い仕事……儲かるのなら我慢もするが」

「赤字続きだったそうですね」

「…………」

翔一が眉根を寄せた。

「いろいろ調べるのが仕事なのです」

「そうだよな」

ウェートレスがトレイを運んできた。カレーライスにミニサラダが付いている。

翔一がフォークを持った。

鶴谷はコーヒーを飲み、煙草を喫いつけた。

しばしの我慢である。相手が誰であれ、食事の邪魔はしない。

翔一がカレーライスをたいらげた。アイスコーヒーを飲み、ひと息つく。

鶴谷は質問を再開した。

「お姉さんとは話をするのですね」

「たまに……姉も俺を煙たがっている。でも、無視できないのさ。相続のことがあるからな。で、とりあえず仲良くしようと思っているのだろう。忘れたころに電話をよこし、実家のことをあれこれ教えてくれる」

「実家の土地の売買について、何か話していましたか」

翔一が首をひねり、ややあって顔を近づけた。

「土地の売買でトラブルがおきているのか」

「そんなところです」

答えながら、ためらいを捨てた。

翔一は土地の売買に関与していないようだ。目先のことで精一杯なのか。売買そのものにも関心が薄いように思う。いずれ遺産が転がり込むにしても、実家の土地にどれほどの値が付いているのか。普通の人間なら気になる。

「増山安治さんには二重契約の疑いがある」

あらかじめ用意していた言葉を使った。

「二重契約……どういうことだよ」

「詳細は教えられないので、喩《たと》えで話します。Aは、自分の土地をBに売る仮契約を結んだ。が、Aは気が変わり、Cとの売買交渉を進め、Bに対して仮契約の破棄を申し入れた。当然、Bは受け入れられない」

「法律違反なの」

「仮契約の条項に抵触していればそうなります」

「あんたは、それを調査している」

鶴谷は頷いた。

「お姉さんは、安治さんが誰と交渉しているのか、話しましたか」

「不動産屋だと……社名は聞かなかったと思う」

「いつごろのことですか」

「先月の半ばだったかな」

「不動産屋というのは確かですか」

「ああ。それは憶えている」

「そのあとも、土地のことで話をしましたか」

「先週も電話があった。交渉は順調のようだから、決まったら連絡するので、そのときは食事をしようと誘われた」

「お姉さんは、安治さんから交渉の経過を聞いていたのでしょうか」

「ほかにいないだろう。おふくろはむりだし」

翔一が眉を曇らせた。

母親は好きなのか。訊きたくなるような、さみしそうな表情だった。

鶴谷はセカンドバッグを開き、五万円の祝儀袋をテーブルに置いた。

「おかあさんに美味しいものを……これは気持です」

仕事と感情は切り離している。それに、翔一は敵にならないだろう。

「ありがとう」

やさしい声で言い、大事そうに祝儀袋を胸ポケットに収めた。

「質問を続けます。安治さんの知人に弁護士はいますか」

「知らない」

「土地売買の交渉に弁護士や行政書士は付きものです。法的にややこしいことがあるからね。お姉さんは弁護士の話をしなかったのですか」

「そんなこと、どうでもいいのさ」ぞんざいなもの言いに戻った。「おふくろの面倒も見ないくせに……遺産のことで頭がいっぱいなんだろう」

鶴谷は紫煙にため息を絡ませた。

「安治さんのケータイの番号を知っていますか」

「知るわけない」

「わかりました」

鶴谷は白い封筒を手にした。

三十万円が入っている。協力者になりそうな者へのカネも用意している。

「質問に答えていただいたお礼です。またお話を伺う機会があるかもしれません。その折もよろしくお願いします」十万円が入った祝儀袋も差しだした。「これは口止め料です。この場のことはお姉さんに話さないでください」

「約束する」

にんまりとし、翔一が封筒と祝儀袋をかさねた。


喫茶店を出たところで翔一と別れ、アルファードに戻った。

木村は、睨みつけるような目でテーブルの資料を見ていた。

正面に座り、話しかける。

「会話は拾えたか」

「はい」木村が顔をあげる。「該当するのはこの二つですね」

言って、資料を指さした。

発着信履歴の二箇所に黄色の蛍光ペンで線が引いてある。

「これは翔一のスマホの通話記録です。十月十一日、三浦咲子……翔一の姉から電話がかかっています。通話時間は十七分三十六秒。先週の電話というのは十一月九日の金曜ですね。こちらは十三分八秒でした。十月十一日から十一月九日の間と、十日からきのうまで、翔一は咲子と電話で話していません」

「十月十一日は仮契約の二日前か」

独り言にように言い、鶴谷は窓を見た。

乳白色と鼠色の雲が混じり合うように流れている。

「三浦咲子からも話を聞きますか」

木村の声に視線を戻した。

「その前に、咲子の身辺を調べろ。会話時間が長い割に、翔一の記憶に残るようなことを話していないのが気になる」

「そうですね」

あっさり同意し、木村が携帯電話を耳にあてた。

鶴谷は煙草をくわえた。神経がざわついている。

携帯電話を畳み、木村が別の資料をテーブルに載せた。

「咲子のケータイの通話記録です。直近三か月分ですが、その間、咲子が父親のケータイを鳴らしたのは六回。今月に入ってからはたったの一回……九日、翔一に電話をかける三十分ほど前です」

「翔一の話が気になるのか」

「はい。姉はカネに目がないようなことを言っていました。それが事実なら、土地売買の交渉経過が気になり、頻繁に連絡するでしょう」

「直に会って、話を聞いていたかもしれない」

「それにしても……」

木村が語尾を沈めた。

鶴谷が推論を好まないのを知っているのだ。

煙草で間を空けた。

「気になる通話の相手はいるか」

「携帯電話の名義人の所在を特定できない番号がひとつ。おなじ番号との通話回数は二回で、いずれも相手側がかけています」

闇取引された携帯電話なのだろう。

鶴谷は咲子の通話記録を見た。

二箇所に赤色のラインがある。

「つぎはどちらへ」木村が訊く。「中西晶も監視中です」

「やけにこだわるな」

「合点が行かないのです。義友会の指示だとして、なぜ、すぐに素性がばれるような男を増山の家にむかわせたのか」

「先入観は捨てろ。いまの段階で、俺と野村を結びつけるな。松葉建設の関係者が喋らないかぎり、俺が松葉建設の代理人であることは知らないはずだ」

「しかし、偶然とは思えません」

「いずれ、わかる。俺が代理人だと事前にわかっていたのなら、宣戦布告の意思表示……だとしても、それがどうした」

「…………」

木村が目をぱちくりさせた。くちびるも動いたが、声にならない。

「そっちはあとや。まずは増山の周辺の情報を集める。増山の消息も知りたい。で、鋳造所の元従業員に会えるか」

「確認します」

木村が携帯電話で話しだした。本人のようだ。すぐに通話を切った。

「自宅にいるそうです」

「むかってくれ」

車が動きだした。

ふかした煙草を消し、口をひらく。

「いまは何をしている」

「年金暮らしだそうです。増山鋳造所には四十年ほど勤め、増山が頼りにする熟練の職人だったとか。ここから十五分くらいのところにある一軒家に妻と二人で住み、週に二、三回、ディスカウントショップで夜間の警備員をしています」

「子は」

「三人いて、皆が家庭を持っています」

「面倒はかかえてないのやな」

「現時点で、そういう情報はありません」

「いいだろう。ところで、野村の身辺調査は進んでいるか」

「進行中です」

木村が即座に返した。

めぼしい情報は入手できていないのだ。それも当然か。暴力団への取締りがきびしくなったことでやくざの口は堅くなり、警察は内部情報の入手がむずかしくなった。


住宅街の一角で車が停まった。

正午前のせいか、あたりはひっそりとしている。

木村が先を歩き、ブロック塀に囲まれた民家の門の前で立ち止まった。

門柱の表札には〈高城昇　竹子〉とある。

「女房も健在か」

「そのようです」

言って、木村がインターフォンを押し、名前を告げた。

六十年輩の女があらわれ、「お待ちしていました」と笑顔を見せた。

庭に面した居間に案内された。

掛軸が垂れる床の間の横に立派な仏壇がある。

高城は床の間を背に、座卓の前に座っていた。

木村が話しかける。

「急なお願いで申し訳ないです」

「なんの。来客があるのはうれしいことです」

高城が目尻に皺を刻んだ。

六十八歳になるという。

「どうぞ、お座りになってください」

言われ、鶴谷は木村とならんで座った。

「木村の部下で、鶴谷と申します」

優信調査事務所の名刺を差しだした。

高城が手に取り、興味深そうな目で見つめた。ほっそりとした顔も節くれだった手も浅黒い。左手の小指が不自由なのか、まっすぐ伸びている。

「調査のお仕事は大変なのでしょうね」

「そんなことはないです。高城さんは何を作られていたのですか」

「鍋です。ほとんどはプロの料理人からの注文でした」

「信頼されていたのですね」

「ほかに能がなかった」

すこし誇らしげなもの言いになった。

女房がお茶を運んできた。

座卓に香ばしい匂いがひろがる。

それに誘われ、湯呑茶碗を持った。

「うちには緑茶がないのです」高城が言う。「女房が加賀の出なもので」

「贅沢なことです」

まんざらお世辞ではない。

加賀のほうじ茶はまろやかで、口あたりが良い。日本料理店でも使われている。

ひと口飲んで、視線を戻した。

「木村の質問と重複するかもしれませんが、ご容赦ください」高城が頷くのを見て言葉をたした。「工場が閉鎖されたあともしばらく働いておられたとか」

「三か月ほどいました。注文の品ができあがっていないこともあって……増山社長は三か月後に工場を閉鎖すると通達したのですが、四人の職人も事務職の二人も我先にと辞めたので、後始末が大変でした」

「増山さんは工場をどうするつもりだったのですか」

「………」

高城が目をしばたたいた。

「放置するわけにはいかないでしょう。工場を誰かに譲るとか、土地ごと売却するとか……そういう話はなかったのですか」

「社長からは聞きませんでした。そんなうわさも耳にしなかった」

「あなたは閉鎖後もおられた。その間もそういう話はなかったのですね」

「ええ」

「不動産会社とか弁護士とか……工場を訪ねてきませんでしたか」

高城が首をかしげた。

「記憶にありません」

鶴谷はお茶で間を空けた。

「では、増山さんの親族についてお訊ねします。奥さんが認知症を患ったのはいつごろのことですか」

「社長に相談されたのは五、六年前でした。そのとき奥さんは六十歳を過ぎたばかりで、もの忘れが激しくなった程度だと思っていたのですが、急激に症状が進んだようで、社長は昼間でも頻繁に奥さんの様子を見るようになりました」

「息子さんと娘さんはどうしていたのです」

「………」

高城が眉を曇らせた。

「増山さんとご長男が不仲なのは承知しています」

ため息をついたあと、高城が口をひらく。

「翔一くんは、母親思いのやさしい子でした。でも、工場を手伝わされるのが嫌だったのでしょう。大学に入ると同時に家をでました」

「それまで、工場を手伝っていたのですか」

「ええ。社長が手取り足取り、教えていました。そばで見ていても、ちょっときびしすぎるんじゃないかと……いや、親はそんなものかもしれません」

「家をでて以来、仲が悪くなった」

「そのようです。ただ、昼間に来て、奥さんとは話していました」

「それなのに、認知症の母親の面倒を見ないのですか」

「社長が……おまえの世話にはならないと……社長と翔一くんが家で鉢合わせをしたとき、怒鳴りつけました……わたしが間に入っても、二人は感情的になって……何も見ていないような奥さんの顔はいまでも憶えています」

高城が途切れ途切れに言った。

「娘さんはどういう人ですか」

「人あたりの良い、あかるい子です。要領もよくて、翔一くんとは対照的に、社長は娘の咲子さんを溺愛していました。奥さんがああいうふうになってからは、何かにつけ咲子さんに相談していたようです」

「工場のことも」

「それはわかりません。咲子さんは、結婚する前から家業に興味がなかったのか、事務所にも出入りしませんでした」

「増山さんは、咲子さんを後継者にと考えなかったのでしょうか」

「それはないと思います。会社といっても、所詮は腕一本……だから、社長は何としても翔一くんにあとを継いでほしかった」

「増山さんは咲子さんの家に足を運んでいましたか」

「さあ」

高城が首をひねった。訝しそうな顔になる。

鶴谷は迷いを捨てた。

「じつは、増山さんの消息がわからないのです」

「どういうことですか」

「こちらとしては、土地の所有者である増山さんから事情を聞きたいのですが、連絡がつかない。ケータイの電源は切ってあるようです」

「いつから」

「きのう、奥さんがいる特養ホームに行ったところまでは確認しています」

「…………」

高城が眉尻をさげた。

思案するというよりも、困惑しているように見える。

鶴谷は間を空けなかった。

「立ち寄る場所に心あたりはないですか」

「人づき合いのすくない人でしたから」

「そうですか」

あっさり返した。

こちらの情報をさらしてまで執拗に質問する相手ではなさそうだ。

そとに出て、ゆっくり首をまわした。

標準語は使い慣れてきたといっても、それなりに神経を消耗する。

アルファードにむかう途中で、木村が足を止めた。携帯電話を耳にあてる。

「わたしだ……そうか。徒歩で移動中だから詳細はメールで送ってくれ」

通話を切るや、鶴谷に近づいた。

「増山を乗せた車の所有者が判明しました」

「何者や」

「新山《しんざん》建工です。詳細は車の中で」

木村がアルファードに乗り込み、タブレットに目を凝らした。

鶴谷は煙草を喫いつける。

木村が顔をあげた。

「新山建工はご存知ですか」

「横浜に本社がある中堅企業や。かつては横浜の港湾事業で幅を利かせていた」

「衝突したことがあるのですか」

「ない」

不動産業界および建設業界の株式上場企業に関する基礎知識は頭の中にある。

木村が続ける。

「運転席と後部座席にいた男の身元も特定しました。後部座席の男は総務部の田所という課長、運転手は車両課の相原です」

「特養ホームを去ったあとの行先はわかったか」

「品川駅の近くでNシステムから消え、十数分後、高速道路に乗り、横浜の本社に戻ったそうです。が、高速道路上では運転手の姿しか捉えていません」

「…………」

鶴谷は煙草をふかした。

木村がタブレットを見て、視線を戻した。

「新山建工の調査を開始しました。それに関して、指示はありますか」

「ない」

ぶっきらぼうに返した。

横浜に本社があるというのが神経にふれる。野村の義友会は新宿を島に持つが、本家の関東誠和会の本部は横浜にあり、野村は本家の副理事長も務めている。新山建工と増山安治の関係はもちろん、新山建工と野村や川上の接点も気になる。

そんなことは口にするまでもないだろう。

ふかした煙草を消し、言葉をたした。

「翔一と中西の監視は解け」

「はい。監視対象者は、弁護士の川上と三浦咲子の二名ですね」

「野村の監視はどうした」

「気が済むまで続けます」あっさり言う。「田所課長は除外するのですか」

「増山の所在を知っているとしても、つきっきりというわけではないやろ。田所のケータイの通話記録を取り、位置情報で行動を追跡しろ。田所が車を所有していればGPS端末を取り付けてくれ」

「承知しました」

木村が電話で部下に指示をだした。

携帯電話から手を放すのを見て、声をかける。

「一緒に行動するのはここまでや」

「どちらへ」

「俺のやることに興味を持つな。いつも言っている。自分の仕事に集中しろ」

「そうします」

「近くの駅で降ろせ」

言って腕を組み、目を閉じた。


割烹着姿の女将に見送られ、新虎通りを新橋駅方向へ歩きだした。

杉江が話しかける。

「琵琶湖のモロコを初めて食べました。あの天ぷらは美味ですね。最後の、胡麻だれの鯛茶漬けも病みつきになりそうです」

「モロコは旬の魚よ。それに、あと何年食えるか、わからん」

「絶滅の危機ですか」

「外来種の餌食になっているそうな」

旬のものが年中食べられる時代になった。わずかながら残る季節限定の食材は海の幸も山の幸も収穫がむずかしくなっているという。

――肩の凝らない店に案内してください――

電話でそう頼まれ、西新橋にある割烹『京の里』を予約した。

店では生臭い話は避けた。料理が不味くなる。杉江もわかっていて、鶴谷の稼業の話はいっさいしなかった。

「早々にわがままを聞き入れていただき、ありがとうございます」

「ついでよ」

ぞんざいに返した。

杉江の顔がほころんだ。

「また、お役に立てることができたのですね」

「ああ。新山建工とはつき合いがあるか」

「ないです。あそこは業績の九十パーセントが神奈川県下での仕事で、それも、大半は笹川建設の下請工事です」

「東和地所と笹川建設の関係は良好か」

「我が社はどこのゼネコンとも良好な関係を保っています」

「その割にはトラブルが多いな」

「おかげで、鶴谷さんとの縁が切れません」

「……………」

切ってもいいぞ。そう言う気にもなれない。

杉江が言葉をたした。

「新山建工がどうかしましたか」

「川上の依頼主とつながっているようだ」

木村からの情報を手短に話した。

話しおえても、杉江は口をつぐんだままである。

「どうした」

「きのう話した品川の案件をおさらいしていました。あの土地に建てた複合ビルの施工は笹川建設です」

「それだけのことか」

「ええ」

「新山建工の業務内容を調べられるか」

「的を絞っていただければありがたい」

「神奈川県、横浜市と癒着していたと記憶している。現況を知りたい」

「承知しました。蛇の道は蛇……ご期待に応えられると思います」

頷き、鶴谷はジャケットのポケットに手を入れた。

「謝礼や。前回の情報料込みということにしてくれ」

五十万円が入った封筒を差しだした。

ためらいもなく、杉江が受け取る。

「こんやはこれを使い切りましょう」

「カネのありがたみがわかってないのか」

「わかっています。あぶく銭はきれいに使う。それで罪悪感が消え、まっとうに稼いだカネの重みがわかります」

「あ、そう」

信号を左折する。早足になった。

昼間の陽気から一転し、冷たい風が路面を這うように流れている。

龍宮城に寄り添う鯉は機嫌がよさそうだ。
機嫌の悪そうな白岩の顔がうかび、鶴谷はスマートフォンにふれた。
《何の用や》
だみ声が鼓膜をふるわせた。
「女にふられて悪酔いしたか」
《ほざくな。おまえには心がない。これまで散々迷惑をかけておいて、こんどは夜も

眠られんほど心配させる》
「順調や」
《…………》
　ため息が届いた。わざとらしい。
「そっちはどうや」
《のどかなもんよ。うかれた狸どもが踊っている》
「はあ」
《人の欲は尽きんということや。それよりも、わいの出番が来たのか》
「何遍も言わせるな。順調すぎて、あくびがでる」
　野村のことは口が裂けても話せない。言えば、白岩の血管が破裂する。木村の部下が殺されたとき、白岩が激情を抑えたのは奇跡のようなものである。
　そのことは木村もわかっている。
《おい》声がとがった。《何か、隠しているやろ》
「下衆《げす》の勘繰りはやめろ」
《下衆はおまえや。で、いつまで経っても、わいの心根がわからん》
「切るぞ」

《待て。待たんかい》
がなる声は無視した。

ベランダに出て、階下に降りた。窓を開け、リビングに入る。

ソファに座って煙草をくわえたところに菜衣があらわれた。

「康ちゃん、おはよう」

菜衣の機嫌もよさそうだ。

テーブルに細長いタンブラーを置いた。

「トマトジュースか」

「人参とセロリ。蜂蜜入りよ」

鶴谷は顔をしかめた。

人参は苦手である。独特の甘みが舌に合わない。

菜衣がにこりとした。

「ニンジンは免疫効果、セロリは血流をよくするそうよ」

「どっちも問題ない」

「じゃあ、好きにすれば」

何食わぬ顔で言い、菜衣がキッチンに引き返した。

目が覚めて空腹を覚え、電話で朝食を頼んだ。

鶴谷はグラスを手にした。ジュースはさっぱりしていた。嫌な甘みも感じない。何度か味を確かめたあと、ひと息にグラスを空けた。

菜衣がトレイを運んできた。

コーヒーとオニオンスープ、バタートーストにオムレツ。蒸《ふか》したジャガイモに生ハムを載せ、スライスしたチーズをふりかけてある。

スープを飲み、トーストを齧《かじ》る。

「杉江さん、上機嫌だったね」

菜衣がたのしそうに言った。

きのうはクラブ『菜花』で遊び、日付が変わると菜衣も連れてけやき坂に移動し、バカラ直営の『B bar ROPPONGI』で一時間ほど飲んだ。

「杉江さんがワインのボトルを開けるなんて……びっくりした。接待しても、されても、ばかな遊び方はしなかったのに」

「万馬券でも拾うたんやろ」

「………」

菜衣がぽかんとした。

鶴谷は視線をおとし、料理をたのしんだ。

愛車のジャガーXKRコンバーティブルを運転し、新橋へむかった。

新車を購入して八年になる。買い換えようとは思わない。エンジン音は快く、運転中は心が和らぐ。精神安定剤のようなものである。

西新橋交差点の近くの脇道に入った。前方の路肩にアルファードが見えた。手前のパーキングに車を駐め、アルファードに移る。

「やつはいるのか」

「はい」木村が左側のオフィスビルを指さした。「あのビルの四階です。女性の事務員二名と非常勤の調査員二名を雇っています」

「全員いるのか」

「いまは女性だけです」

鶴谷は腕の時計を見た。

午前十時三十二分。十一時に訪問する旨を伝え、了解を得ている。電話での川上芳生の声からは余裕のようなものが感じ取れた。

けさ、ファクスで報告書が届いた。それを読んで、川上に会うことにした。

「報告書の内容に訂正はあるか」

「ないです」きっぱりと言う。「新山建工はKRネットという人材派遣会社を通して外国人労働者を雇っています。KRネットの経営者は野村の企業舎弟で、川上は四年前からKRネットの顧問をしています」

鶴谷は首をかしげた。

松葉建設がよこした資料には記載されていなかった。土地の売買交渉とは無関係との判断か。単なる調査ミスか。

推測はひろがらなかった。

「報告書にある警察情報を補足してくれ」

「はい。この夏から警視庁の組織犯罪対策部が捜査班を編成し、KRネットに違法行為の疑いがあるとして内偵捜査を始めました」

「神奈川県警やないのか」

「KRネットのオフィスは品川にあります」

「新山建工も的になっているのか」

「いまのところ、取引のある企業はすべて捜査対象です」

「本格捜査に移る可能性は」

「高いそうです。が、こちらの邪魔にはならないでしょう。捜査班は東南アジアの悪質な就労ブローカーも視野に入れているので、本格捜査に踏み切るのは早くても来年の春になるとのことでした」

「KRネットと現地の悪質ブローカーが結託しているわけやな」

「そう睨んでいます」

「ということは、最終の的は義友会か」

「おそらく。ただ、警視庁はむずかしい判断を迫られそうです」

「誰に」

「官邸です。政府と与党は外国人労働者の受け入れに関する法案をいまの国会で成立させるでしょう。それに水を差すような捜査は慎重にならざるを得ない。それ見たことかと、マスコミや野党は政府を叩きますからね」

「官邸のご機嫌を伺っていて、まともな捜査ができるのか」

「現実はそんなものです」

木村がひややかに言った。

鶴谷は時刻を確認した。あと十五分ある。

質問を続ける。

「三浦咲子はどうしている」

「自宅です。ついでに、野村は組事務所に入りました。十時過ぎのことです」

「…………」

口をつぐんだ。

木村の心中はわかる。川上に会うこととの関連性を気にしているのだ。

「新山建工のほうは」

「総務部の田所課長ですね。ケータイの位置情報によれば、きのうは午後六時半過ぎに退社し、八時前に帰宅しています。けさは七時半に家を出て、八時二十分に出社。以降、動きはありません。それと、田所はプリウスを持っています。ガレージにはシャッターがないので、GPS端末は簡単に取り付けられたそうです」

頷き、鶴谷は胸にふれた。

シャツのポケットには小型の盗聴器を入れてある。

四十平米ほどか。手前に黒革の応接セット。サイドテーブルの花瓶に花が活けてあり、壁には三十号ほどの赤富士の絵が掛かっている。

茶色のパーティションのむこうに四つのスチールデスク、その奥にはローズウッドのおおきなデスク。ロングバックのチェアに男が座っている。

「鶴谷さんがお見えになりました」

四十年輩の女事務員に声をかけられ、男が立ちあがる。

色は浅黒く、小柄である。顔もちいさい。

「鶴谷です」

名乗り、名刺を交換した。

川上の名刺には〈川上法律事務所　弁護士　川上芳生〉とある。所属や経歴が記されていないシンプルなものだった。

勧められ、ソファに腰をおろした。

対座した川上が口をひらく。

「委任状をお持ちですか」

鶴谷はセカンドバッグから紙を取りだし、手にかざした。

一瞥《いちべつ》し、川上が続ける。

「どういうご用件でしょう」

「本日は、ご挨拶に伺いました」

丁寧に返した。

やっかいな相手になりそうである。

川上は肩肘を張らず、もの静かに対応している。目つきは鋭いが、神経にふれるような感じではない。言葉数のすくないのも警戒心を抱かせる。

女事務員がお茶を運んできた。

ひと口飲んで、川上が視線を合わせる。

「傷は癒えましたか」

もののついでのように言った。

鶴谷が松葉建設の代理人であることは電話で話す前から知っていた。

そう告げているようなものである。訪問する旨の連絡を受けたあとに調べたとも考えられるが、そういう雰囲気ではない。

――松葉建設の代理人の鶴谷と申します――

電話ではそれしか言わなかった。

「おかげさまで」短く返し、お茶で間を空けた。口調を変える。「俺の出自、経歴は承知のようやな」

「輝かしい実績も……わたしが知っているのはごく一部でしょうが」

「ええやろ。まず、訊く。そっちの要望に変更はないか」

「要望ではない。仮契約は破棄する……通告です」

「俺の依頼者の意思も変わらん。要望は拒否する。裁判所に提訴する予定はない。要望を撤回させるために俺が雇われた」

「有能な捌き屋が登場しても、状況は変わらない」

「変えるのが俺の仕事や。訴訟の準備をするか」

「代理人といえども、あなたの言葉だけでは動きません。松葉建設の正式な文書での異議申し立てがあれば、その時点で、こちらも対処します」

「…………」

鶴谷はジャケットのポケットをさぐり、煙草をくわえた。

テーブルにはクリスタルの灰皿がある。

喫いつけ、紫煙を吐く。

川上への第一印象は変わらない。慎重居士というわけではなさそうだ。相手の出方を見定めて対応するタイプなのか。

相手が動かなければ動くように仕向ける。

川上を見据えた。

「あんたの依頼主、増山安治をどこに隠した」

「答えられません。それに、わたしは交渉の一切をまかされている」

「承知よ。俺も、増山を相手にするつもりはない。が、姿を隠せば、その背景が気になる。わけのわからん企業がうろちょろすればなおさらよ」

「意味がわかりません」

「新山建工とはどういうつながりや」

「ご存知なのでは」

「あんたが暴力団組長のフロントの会社の顧問をしていることか」

「…………」

川上の眉がわずかに動いた。

鶴谷はにやりとし、煙草を消した。

「俺の相手は、あんたひとり。けど、不当な要求を撤回させるためなら、あんたの周辺におる連中も的にかける」

「お好きなように。わたしも全力で対処します」

「ええ覚悟や。またな」

鶴谷は腰をあげた。

川上は動こうともしなかった。

★　★

暖簾をくぐり、格子戸を開ける。

開店直後の蕎麦屋に先客は一組二人だけだった。

「いらっしゃい」

あかるい声を発し、紺絣《こんがすり》の法被を着た康代が近づいてくる。

「おじさん、いつもめでたいんやね」

康代の目が糸になった。

オフホワイトのコットンパンツに赤のセーター。紅白は若いころからの定番で、ほかは黄色と紺色を好んで着る。

「そうよ。生きていることへの感謝の気持や。康代ちゃん、学校は」

「きょうは土曜や」あきれたように言う。「けど、平日でも休んだ。おかあちゃん、きのうから高熱をだして……インフルエンザみたい」

「そら、あかん。不便があれば言うてくれ。何でも届けたる」

「気持だけでええわ。おじさんの顔を見たら熱があがるかもしれんし」

「恋の熱か」

「あほくさ。奥で、地味なおじさんが待っているよ」

康代が調理場のほうへむかう。

白岩は奥の小座敷にあがった。

探偵の長尾が座卓に頬杖をつき、ビールを飲んでいた。黒のハイネックシャツの上に紺色のブルゾン。グレーのズボンを穿いている。

康代がお茶を運んできた。

白岩は長尾に声をかける。

「何を食う」

「もう頼んだ」

「あ、そう。康代ちゃん、わいはいつものやつ」

「おろしせいろやね。琵琶湖のモロコが入ったよ。夜用の単品やけど」

「天ぷらがええな」

ぬる燗《かん》も頼み、長尾に視線をむけた。

「聞かせてくれ」

きのうの深夜、長尾から電話があった。前回は白岩の自宅にファクスで報告書を送ってきたが、今回は電話で報告してきた。が、どうということはない。

長尾がグラスを置いた。

「引退の可能性は高いな」

「何を摑んだ」

「確証はない。が、そんな雰囲気や。山隆組の連中がはしゃいでいる。とくに二代目の高橋は上機嫌やと……夜のミナミでうわさになっている」

「取らぬ狸か」

「ほう」長尾が目をまるくする。「本家の内情に疎いと言うた割には……」

「風の便りよ」

さえぎるように言った。

届いた徳利を傾け、ぐい呑みをあおる。息をつき、言葉をたした。

「頼みもせんのに、耳に入る。それもしゃあない。わいの務めや。本家若頭の黒崎が七代目になれば、六代目の子飼いの高橋が若頭の座に就く……六代目が描く絵図や。事務局長の角野もそれに賛成らしい」

「あんた、そうとう嫌われているのやな」

「無視されるよりましや」

「あんたの脳みそが羨ましい」

長尾が割箸を持った。

鴨なんばんは湯気が立っている。

白岩はモロコの天ぷらを食べた。サクッと音がし、じわりと味がひろがる。腹に子を持っていた。それでなくともことしのモロコは成長が早そうだ。手酌酒をやり、辛味大根のおろしをつけて蕎麦をすする。

汁を飲んだあと、長尾が視線をむけた。

「おもろい情報がある」

言って、長尾が煙草をくわえた。美味そうにくゆらせる。

「じらすな」

「あんたの依頼とは別件や」

「強欲もほどほどにせえ」

「庶民のささやかな願望よ」

「あほくさ」

白岩は尻ポケットに手を入れた。札束から十万円をぬき、テーブルに載せる。

あっという間にカネが消えた。

長尾が背をまるくした。

「府警本部の生活安全部が山隆組の高橋組長を的にかけた。内偵中や」

「容疑は」

「特殊詐欺……架空請求と金融商品の詐欺をしているそうな。とりつけは受け子の供述やが、捜査中に高橋の名前が浮上し、生活安全部の特殊詐欺担当部署が四課に捜査協力を要請した。が、下の者を動かせば捜査情報が筒抜けになる。で、合同の特別捜査班を組み、内偵捜査を始めた」

「…………」

白岩は口をつぐんだ。

「どうした。興味がないのか」

「ない。わいは極道や。同業のしのぎについてはとやかく言わん」

「なるほど」

感心したように言い、長尾がポケットに収めたカネをテーブルに戻した。

「いらんことをするな。情報は聞いた。あとはわいの勝手や」

肩をすぼめ、長尾がカネを手にした。

「受け取る。が、すっきりせん。こんど北新地に連れて行け。俺が社長や」

「ゴチになってやる」

長尾が眦をさげた。

「別の情報がある。先月の末、本家若頭の黒崎と事務局長の角野が高橋を連れて東京に行った。関東誠和会の野村と会うたそうな」

「ほんまか」

「確かや。西麻布の割烹で食事をし、六本木のクラブとキャバクラで遊んだ……内偵中の捜査報告書にはそう書いてある」

「…………」

白岩は視線をそらした。

顔つきが変わったのは自覚している。瞼の裏側で過去の出来事が映像になった。

「どうした。黒崎らの動きが気に入らんのか。野村と因縁でもあるのか」

「おまえには関係ない」

つっけんどんに言い放った。

長尾は動じなかった。

「黒崎と野村は兄弟盃を交わしているそうやな」

「てっぺんどうしも兄弟分よ。本家の山田会長は、黒崎に箔を付けさせるために、むこうの副理事長の野村と縁を結ばせた」

「あんたは関東に縁がないのか」

「どこの誰とも……くだらんことを訊くな」

「すまん」

長尾が小声で詫びた。

「いまの話、続編はあるか」

「調べてみる。ほかに注文は」

「本家の動きは引き続き頼む」

「まかせろ」

やけに威勢のいい声だった。

長尾の身体のどこかを刺激したようだ。が、それは白岩もおなじである。

血が騒ぎだしている。

庭がオレンジ色に染まっていた。

二本の竹竿に吊るした渋柿が西陽を浴びている。

花房勝正が両手で包むようにして、柿を撫でた。

ニット帽に綿入れ半纏を着た花房の背は低くなったように見える。

腰に手をあて背筋を伸ばしたあと、花房がふりむいた。

顔色はよさそうだ。細い目にも力を感じる。

白岩は目元を弛めた。

「そんなにぎょうさんつくって、どうするのです」

「ご近所の皆さんに配るのよ。が、ことしは陽の射す時間がすくないさかい、思うように粉をふいてくれん」

「柿を擦っていたのはおまじないですか」

「そうや。心をこめた」

言って、花房が縁側のガラス戸を開け、家の中に入った。

あとに続き、八畳間の座卓の前に胡座《あぐら》をかいた。

「姐さんは」

「好子と買い出しに行った」

「好子も来ているのですか」

「きのうから、あしたの夜までいてくれるそうな。おまえの差し金やろ」

「滅相もない」

白岩は顔の前で手をふった。

花房が首をひねる。

「まあ、ええ。人の好意はありがたく受ける」

襖《ふすま》が開き、坂本が顔を覗かせた。

「先代、お元気そうで何よりです」

「おう、隼人。一緒やったんか」

「はい。台所を使わせていただいてよろしいでしょうか」

「手間をかけさせて、すまんのう」

「とんでもないです」

坂本が襖を閉じた。

白岩は、花房の目を見つめた。

「どうされました」

さぐるように声をかけた。

けさ、外出する前に花房から電話があった。

——面倒をかけるが、きょうにでも顔を見せてくれるか——

控え目なもの言いだった。

二つ返事で応諾し、午後四時に訪問すると約束した。

「光義」声が強くなった。「勘違いするなよ」

「どういう意味でしょう」

「わしとおまえは親子……そうやろ」

「はい」

「けど、渡世の縁は切れとる。わかるな」

「本家のことが耳に入りましたか」

「かつての兄弟分が訪ねてきた。三人も雁首ならべて」

花房が眉尻をさげた。

「追い返されましたか」

「そうはいかん。客は客よ。で、話は聞いた。ぼやきも聞かされた」

「どう答えられたのですか」

「何も……ものを言う立場にない」

声がして襖が開き、坂本がお茶を運んできた。

花房が湯呑茶碗を手にし、緑茶を口にふくんだ。

「隼人、成長したな。淹れ方が上手くなった」

「恐れ入ります」

低頭し、坂本が去った。

またお茶を飲み、花房が視線を戻した。

「おまえは一成会の白岩光義や。それを肝に銘じて行動せえ」

「お言葉ですが、自分は花房組の組長として、他人様《ひとさま》の子を預かっています」

「あたりまえのことをほざくな」

にわかに花房の眼光が増した。

いつまで経っても身が竦《すく》みそうになる。

「おまえなしでは生きて行けん子に育てたんか」

「…………」

「わしは、おまえをそんな器量の狭い子に育てた覚えはないぞ」

「…………」

白岩はくちびるを噛んだ。

花房が続ける。

「おまえに欲はあるか」

「おます。長生きしたいです」

花房が声にして笑った。

「好子にも訊いた。わしら夫婦と、おまえと、一日でも長く生きたいそうや。人の欲はそれに尽きる。わしもおなじよ」

「それなら渡世のことは無視してください」

「言われるまでもない。花房組の代紋と一緒に、一切合切、おまえに譲った。おまえがどうしようと、どうなろうと、すべて受け入れる」

「ありがとうございます」

白岩は頭を垂れた。

「ええか、光義。これだけは言うておく。一成会のてっぺんに立てとは言わん。が、一成会の若頭補佐であることを忘れるな」

「背に一成会、胸に花房組……難儀です」

「いまさら泣き言をほざくな。男は覚悟や。のどか過ぎて忘れたか」

「幾つになっても覚悟がたりません」

「幾つになった」

「五十二歳です」

「五十にして天命を知るや」花房が表情を弛める。「わしは、孔子様に接するのが遅かった。おまえにわしの轍《てつ》を踏ませとうない」

「覚悟とは天命を知ることですか」

「どうかな」

独り言のように言い、花房が庭に目をむけた。

「あの柿が白い粉をふくかどうか……わかるはずもない」

庭のむこうから車の音がした。

「帰ってきたようや」

花房が腰をあげる。

白岩も座卓を離れ、縁側のガラス戸を開けた。

先ほどとは空気が変わっていた。冷たい風が快い。

ほどなく姐の愛子が庭にあらわれた。

小柄なのに、あいかわらずおおきく見える。白いものがめだつ髪をひきつめて後ろに束ねているせいか、引き締まった顔をしている。

花房夫妻には感謝しかない。花房からは極道者としての心構えを、姐からは男としての立ち居振る舞いを教えられた。おかげで、生きている。

「来たか、光義。こんやは寒ブリや。氷見《ひみ》産やで。おまえの好物の海老芋もある」

「たのしみです。隼人もごちそうになって構いませんか」

「もちろんや」

目尻に無数の皺を刻み、愛子が背をむけた。

花房が戸を閉める。

「飯ができるまで、小遣いをもらうか」

うれしそうに言い、花房が床の間の将棋盤を両手にかかえた。

あわてて、白岩は駆け寄った。

厚さ十センチほどの本榧《ほんかや》の盤が鉛のように見えた。


ミナミの宗右衛門町《そえもんちよう》は土曜も賑わっていた。私服の若者が目につく。

午後十時を過ぎたところだ。車は事務所に置いてきた。

花房夫妻は笑みを絶やさなかった。好子は饒舌だった。花屋を継がせる覚悟ができたのか、若い店員二人のことをたのしそうに喋っていた。

――引退したら、光義とのんびり暮らせ――

愛子に言われ、顔を真っ赤にした。

白岩は聞かぬふりをした。

のんびりするひまはありません。そう言えば、花房に叱責される。

「親分」

坂本が声を発し、右手のテナントビルの袖看板を指さした。

4Fのプレートに〈BAR 案山子《かかし》〉とある。

吹きだしそうになった。山田の案山子とはどういう神経の持主なのか。

エレベーターで四階にあがった。『案山子』の扉を開ける。

がなり声に腰が引けそうになる。

客はベンチシートの三人だけだった。ひとりがマイクを握っている。店のホステスか、二人の女が退屈そうな顔で壁にかかる画面を見ていた。

「いらっしゃいませ」

カウンターの中から声がした。

濃紺に赤い小花を散らしたワンピース。ショートボブヘアはちいさな顔を引き立たせている。四十代後半か。探偵の長尾の言葉を思いだし、頷いた。

カウンターの中央に坂本とならんで座った。

女がおしぼりを差しだす。

「おひさしぶりです」

「ん」

「白岩さんですよね」

女が目を細めた。

歌が止んだ。それでも演奏がうるさい。

「三、四年前、山田さんとこの近くのクラブで遊ばれたときにご挨拶しました」

「そうやったか。すまん。ええ女を忘れるとは……悪酔いしていたんやな」

女が瞳を端に寄せた。

賢そうな目をしている。親分とも会長とも言わないのが気に入った。

「安いボトルをくれ」

言って、左腕を立て、頬杖をついた。

歌が始まった。声がちいさくなっている。

女がバランタイン17年のボトルを手にした。

「水割りですか」

「ああ。あんた、名は」

「裕子です。クラブでは皐月でした」坂本に顔をむける。「あなたは」

「坂本です」

裕子が手のひらを口にあてた。

「ごめんなさい。水割りですか」

「薄いのを」

坂本が恥ずかしそうに答えた。

水割りをひと口飲んで煙草を喫いつける。裕子は手を動かさなかった。癖も憶えていたのか。白岩は火を点けられるのを嫌う。

煙草をふかしながらバックバーを見た。

どのグラスもきらめいている。

「バーテンダーはおらんのか」

「はい。アルバイトの子が二人……気楽にやっています」

裕子が屈託なく言った。

きれい好きなのか、神経質なのか。どっちにしても客は安心する。バーはバックバーを見ればその店の質がわかる。

扉が開き、男がひとりで入ってきた。ダークグレーのスーツにブラウンとピンクのレジメンタルタイ。サイドバックの髪には櫛目が通っている。

ひと目で名前を思いだした。

誰か来るとは予期していた。白岩がスツールに座る前、裕子がスマートフォンにふれていた。それでなくても、背後には見るからに筋者らしい連中がいる。

先に男が口をひらく。

「白岩さん、ごぶさたでした」

「椎木《しき》、元気そうやな」

「おかげさまで。ご一緒してよろしいですか」

「もちろんや」

白岩は頰杖をはずした。

かつて、椎木勇《いさむ》は山田のボディーガードをしていた。ミナミの酒場で、酔って山田に絡んだ男を刺し、懲役に行った。山田が一成会の会長になる前のことである。執行猶予中の身だったこともあり、六年の実刑判決を受けた。そうでなくても暴力団員の量刑は民間人の五割増しが相場だ。

「娑婆に出て、何年になる」

「三年が過ぎました。その節は、ご厚情を賜り、ありがとうございます」

椎木が丁寧に言った。

関東の出身だったか。無口だったのは憶えている。

裕子が椎木の前に水割りのグラスを置いた。水のように薄い。

白岩は話を続けた。

「てっきり本家の盃を受けると思うていた」

「柄ではないです」

「いまは何をしている」

「ここのママがやっていたクラブの世話になっています」

椎木が名刺入れを手にした。

受け取った名刺には横書きで〈CLUB　花蓮　専務　椎木勇〉とある。

店名を見ても思いだせなかった。

裕子が話しかける。

「以前はメイ……皐月のMAYでした」

「案山子の由来は」

「童謡が好きなんです」

裕子が目で笑った。

「おしゃれや」椎木にも声をかける。「極道も入れるのか」

「えっ」

「花蓮よ。入れるのなら、案内せえ」

五万円をカウンターに置き、席を立った。


翌朝十一時、探偵の長尾が自宅を訪ねてきた。

白岩は、土佐堀川と堂島川にはさまれた中洲のマンションに住んでいる。

長尾がリビングを覗く。

「殺風景な部屋や」

あきれたように言った。

約三十平米の部屋には二種類のストレッチ器具と籐《とう》製のロッキングチェア、九十インチのテレビがある。以前はコーナーソファを置いていたが、東梅田の事務所に運んだ。来客は滅多にない。女を部屋に入れることもない。

「こっちや」

白岩はダイニングルームに入った。

こちらもがらんとしている。キッチンには必要最低限の調理器具しかなく、四人掛けのテーブルにはコーヒーメーカーがあるだけだ。

長尾を正面の椅子に座らせ、コーヒーを淹れてやった。

「椎木を知っているか」

「ああ。やつがどうした」

「きのう、会うた。ミナミの案山子で」

「あの店に行ったんか」

「女を見れば男がわかる。逆も然《しか》り。で、顔を拝みに行った」

「どうやった」

言って、長尾がコーヒーを飲む。

「ええ女や」

「そうやろ。けど、あんたの説はあてはまらん。山田は、裕子にやらせていたクラブのホステスに手をつけた。男好きのする巨乳や。それを知った裕子は、山田に別れ話を持ちかけた。山田は抵抗したそうな。が、裕子の意志は固かった。クラブを去り、もらった慰謝料でいまの店を始めた」

「それなのに、山田の案山子か」

「受けた恩義と情は別ものらしい」

白岩は頷いた。

　裕子から受けた印象と長尾の話に違和感は覚えなかった。

「椎木の店にも行った。あそこのママが山田さんの女か」

「ああ。椎木も変わった野郎だ。せっかく足を洗ったのに、山田に頼まれ、巨乳の監視をやらされている。案山子に出入りしているのも、山田に様子を見るよう頼まれたという話や。山田は女々しい」

「男は皆、そんなもんよ」

　そっけなく返し、煙草をくわえて火を点けた。

　長尾が口をひらく。

「椎木が気になるのか」

「骨のある男や。なんで、椎木は山隆組を離れた」

「二代目の高橋とは折り合いが悪かった。そもそも、椎木は組内の誰ともつるんでいなかった。群れるのが嫌いなんやろ。俺が南署にいたころは、山田のボディーガードをし、ひまがあれば賭場を覗いていた」

「博奕が趣味か」

「しのぎや。麻雀も本引きもそうとうなもんや。一緒に競輪場に行ったことがあるけど、ひとレースだけドカンと張って、あとは昼寝していた」

博奕はカネと心のメリハリだと老賭博師に聞いたことがある。ただの博奕好きには
それができないとも言い添えた。

長尾が続ける。

「椎木と裕子は同類やな」コーヒーで間を空ける。「椎木は母子家庭に育った。母親
は椎木が収監中にがんを患ってな。山田は、母親の面倒を見たそうだ。葬式も山田が
仕切った。椎木が出所する一年前のことや。で、椎木は組織を離れても、山田に一生
ものの恩義を抱いて生きている」

「山田さんがくたばれば、裕子と暮らしそうやな」

ふとうかんだことが声になった。

長尾がにやりとした。

おなじように思っているのか。すでに二人はくっついているのか。

どうでもいいことである。

「ところで、本家の若頭と事務局長の、東京での動きはわかったか」

「それよ。その報告に来た」

「…………」

白岩は目で先を催促した。

長尾が手帳を開く。

「黒崎ら三人は横浜にある関東誠和会の本部には足を運ばなかった。上京した夜、西麻布の割烹で野村に会った。店の女将は野村の女らしい。四人と同席した者がおる。川上という東京の弁護士や」

「ん」

眉根が寄った。

「食事のあと六本木のクラブで別の男が合流した。そいつの素性はわかってない」

「どこからの情報や」

「あんたと腐れ縁の府警幹部に頼み、警視庁から情報をもらった」

「富永か」

「ああ。あのクラスは部署ごとに全国規模の幹部会議をやる。富永さんは警視庁の組織犯罪対策部の誰かに依頼したんやろ」

「情報はそれだけか」

「おい」長尾が顔を寄せる。「どうした。閻魔の顔になっているぜ」

「うるさい」

「あんたも人の子か」

茶化すように言い、長尾が姿勢を戻した。

「つぎの日の昼、角野はひとりで横浜にある新山建工という会社を訪ねた」

「黒崎と高橋は」

「午前十時発の新幹線に乗った」

「…………」

白岩は息をついた。

鼓動が速くなっている。吐いた息は熱かった。

長尾が眉をひそめた。

ただならぬ気配を感じたか。

「新山建工のことやが……警視庁の組織犯罪対策部が的にかけているそうだ」

「何の容疑や」

「くわしいことは教えてくれなかった。が、内偵にはマル暴担も参加しているそうやさかい、野村が無関係とは思えん」

「…………」

白岩は無言で席を立った。

寝室へ行き、カネを手に戻る。五十万円をテーブルに置いた。

「東京の件、もうすこし情報がほしい。六本木で合流した男の素性と、警視庁が的にかけている相手の名前だけでもかまわん」

東京には優信調査事務所の木村所長がいる。ある程度の情報があれば、あとは木村にまかせられる。ここまでの情報でも木村に依頼することは可能だが、よけいな手間はかけさせられない。木村は鶴谷の仕事で多忙を極めているだろう。

「大阪と東京……あんたも大変やな」

つぶやき、長尾がカネを手にした。

「しばらくファクスはいらん。報告はケータイに頼む」

「…………」

長尾が目をぱちくりさせた。

形相がさらに悪くなったか。

白岩の先の行動が読めたか。

身支度を整え、自宅を出た。タクシーに乗り、東梅田へむかう。

その間も胸の漣《さざなみ》は静まらなかった。

花房組の事務所では部屋住みの乾分らに迎えられた。

極道の事務所は年中無休である。かつては不夜城だった。一朝事あれば我先に事務所を飛びだす者がごろごろしていた。早飯、早糞も当時の習慣である。が、時代は変わった。当番で下部組織から送られて来た者ばかりか、躾《しつけ》を受けたはずの部屋住みの若者でさえ、緊張感に欠けている。

手を上げたわけではなく、口で叱っただけで組から抜けだす者もいる。

忍耐強い和田がそうぼやくのだから、極道社会の未来はひたすら昏《くら》い。ろくでなしが血気や意気を失くせば、野良猫以下の、人でなしになる。

応接室のソファに腰をおろし、煙草を喫いつけた。

坂本がお茶を運んできた。

「きのうはごちそうさまでした」

「ホルスタインが好みか」

「えっ……あれは、その……好みではないです」

クラブ『花蓮』のママに身体を密着され、坂本はたじたじとなった。

「つぎがあれば、添い寝をしてやれ」

「滅相もない」

「あれは本家の会長の女や。思いっきり暴れられるぞ」

「…………」

坂本の目つきが変わった。

白岩は視線をそらした。また口が滑った。坂本は血の気が多すぎる。

「誰と暴れるのですか」

声を放ち、和田が入ってきた。

「遅くなってすみません。用を足していました」

「大便か」

「はい。近ごろ出が悪くなりまして」

「戻って、わいが消えるまで唸っていろ」

和田が視線をずらした。

白岩の脇にはボストンバッグがある。

「おでかけですか」

「東京へ行く。しばらく戻らん」

「そんな……」

絶句し、腰がぬけたかのように、ソファに座った。

坂本が口をひらく。

「鶴谷さんが難儀しているのですか」

「おまえは黙っとれ」

一喝し、和田を見据えた。

「留守を頼む。念を押すまでもないと思うが、くれぐれも軽挙妄動は慎め。金子や石井の誘いには乗るな」

「むりです」和田が目を剝いた。「親分を行かせれば、叔父貴らにどつかれます」

「病院に行けば済む」

「それくらいなら何度でも……が、殺されたら留守を護れません」

「おおげさな」

「いいえ。叔父貴らはやる気です」

「何をやる」

「……………」

和田が口をもぐもぐさせた。

「ええか、和田。わいとおまえは一心同体や。わいの意に背いて、やつらが勝手なまねをさらすようなら、身体を張って阻止せえ」

「できますか」

「おまえならやれる。簡単や。腹を切れ。それで、やつらは冷静になる」

「わかりました。そうします」

和田が真顔で答えた。

坂本の目が固まっている。

「隼人、和田から離れるな」

「それはだめです」和田が声を張った。「連れて行ってください」

「あほなことを……支部のやつらの立場がない」

「しかし……」

和田が声を切った。

胸の内は読める。坂本なら自分に報告があると思っているのだ。

「何かあれば連絡する。おまえからの電話にはでる」

「ほんとうですね」

「親を信じられんのか」

「夢の中でさえ疑ったことはありません。が、時期が時期です。せめて、東京へ行かれる理由を教えてください」

はねつけるように言った。

本家の黒崎や角野の件は話せない。関東誠和会の野村との因縁は教えていないが、黒崎らが野村と面談したことを知れば、邪推・妄想が止め処なくひろがるだろう。

和田の目が据わった。

「わかりました。人手が要るようならご連絡ください」

「ああ」

あっさり返した。

その気はない。八方塞がりになろうと、組の者には頼らない。

いつも言って聞かせていることだが、口にはしない。和田の気苦労が増える。

「隼人、新大阪駅まで送れ」

「はい」

元気な声を発し、坂本が部屋を飛びだした。

「和田よ。いつも迷惑をかけて、すまんのう」

「とんでもない」

和田がぶるぶると顔をふった。

「我が友の危機や」

渋谷区松濤にある本多邸を去り、路肩に停まるアルファードに乗った。

★　　　★

木村はタブレットを見ていた。顔をあげ、口をひらく。

「どうでした」

「昼飯につき合わされただけよ」

そっけなく返した。

長いつきあいの中で自宅に呼ばれたのは三度目である。

平日の月曜にもかかわらず、本多は着物を着て、庭の盆栽をいじっていた。我が子のように育む盆栽を剪定《せんてい》し、水をやっても心は和まないのか。女房の手作りの料理を食べる最中も、情報を欲しがった。

鶴谷は、依頼主に仕事の途中報告はしない。本多や杉江でもおなじである。それを承知していながら、本多は懇願するように質問を浴びせた。

――経過を報告する状況にない――

本音を口にしても、本多は納得しなかった。

せっかくの手料理も味がわからないまま食べおえたのだった。

鶴谷は煙草をくわえた。ふかし、木村を見つめる。

「おまえのほうこそどうした。うかない顔をして」

「どうもすっきりしません。調査を開始してきょうで六日目……監視対象者に気になる動きがありません。鶴谷さんが川上に会ってゆさぶりをかけたのに、川上も増山の娘の咲子もじっとしている。新山建工の田所に至っては、増山と車に同乗していたのが幻だったかのようです」

「監視されているのは承知なんやろ」

「それにしても……静か過ぎます」

「そのうち動く。増山の娘はどこにいる」

「五分ほど前、車で自宅を出ました」

「追ってくれ」

木村が運転席に声をかけ、携帯電話を手にした。

鶴谷は窓外に目をやった。

どんよりとした雲がでこぼこのビルに覆いかぶさっている。

弁護士の川上とのやりとりを思いうかべた。

2019.04
最新刊
幻冬舎文庫の春まつり
僕の休日の過ごし方。
©marco&marco
新田真剣佑
GENTOSHA
幻冬舎

異端者の快楽

見城 徹

出版界の革命児が贈る官能的人生論。

作家やミュージシャンなど、あらゆる才能とスウィングしてきた著者の官能的人生論。「異端者」とは何か、年を取るということはどういうことか、「個体」としてどう生きるかを改めて宣言した書き下ろしを収録。

650円

多動力

堀江貴文

何万の仕事を同時に動かす「究極の力」

今、求められるのは、次から次へ好きなことをハシゴしまくる「多動力」を持った人間。一度に大量の仕事をこなす術から、1秒残らず人生を楽しみきるヒントまで。堀江貴

500円

運玉《うんだま》 誰もが持つ幸運の素

桜井識子

草履取りから天下人になった歴史的強運の持ち主・豊臣秀吉は白く輝く「運玉」を心の中で育てていた！　運玉は誰もが持っているのに育てる人はほぼいない。神様とお話しできる著者が秀吉さんに聞いた強運になるワザを大公開。

600円

一〇五歳、死ねないのも困るのよ

こころの文庫

篠田桃紅

長く生きすぎたと自らを嘲笑する、希代の美術家。「歳と折れ合って、面白がる精神を持つ」「多くを持たない幸せ」。生涯現役を貫く著者の、後世へのメッセージとは？

540円

芸人式新聞の読み方

プチ鹿島

新聞には芸風がある。だから下世話に楽しんだほうがいい！　朝刊紙の擬人化、見出しの読み比べ、行間の味わい……。人気時事芸人が実践するニュースとの付き合い方。ジャーナリスト青木理氏との対談も収録。

650円

空気を読んではいけない

青木真也

中学の柔道部では補欠だった著者が、日本を代表する格闘家になれた理由とは——。「感覚の違う人は〝縁切り〟す

540円

スマイル アンド ゴー！ 五十嵐貴久

震災の爪痕も生々しい気仙沼で即席のアイドルグループが結成された。変わりたい、笑いたい、その思いでがむしゃらに突き進むメンバーたちを待ち受けたのは……。実話をもとにした感涙長篇。（『気仙沼ミラクルガール』改題）

690円

捌き屋 罠 浜田文人

病院開設を巡る土地トラブルに、企業交渉人・鶴谷康が挑む。

企業間に起きた問題を、裏で解決する鶴谷康。ある日、入院先の理事長から病院開設を巡る土地買収処理を頼まれる。売主が約束を反故にし、行方まで晦ましているらしい――。その目的とは？

書き下ろし

650円

救急病院 石原慎太郎

「生命の尊厳」を追究した石原文学の新たな地平。

生死を決めるのは天の意思か、ドクターの情熱か――。首都圏随一の規模を誇る「中央救急病院」を舞台に、救急救命の最前線で繰り広げられる熱き人間ドラマを描く感動作。衝撃のラスト！

540円

ツバサの脱税調査日記 大村大次郎

したたかな質問と非情な観察眼で相手に迫る税務調査官・岸本翼。脱税を指南する税理士・香田に出会い、調子が狂い始める。元国税調査官が描く、お金エンタメ小説。

書き下ろし

540円

おひとり様作家、いよいよ猫を飼う。 真梨幸子

本が売れず極貧一人暮らし。「いつか腐乱死体で発見される」と怯えてたら起死回生のヒットが訪れた！ 生活は激変、なぜか猫まで飼うことに。著者初エッセイ。

オリジナル

690円

かぼちゃを塩で煮る 牧野伊三夫

胃にやさしいスープ、出汁をきかせたカレー鍋、残りめしで茶粥……台所に立つことうん十年、寝ても覚めても頭の中は食うことばかりの食いしん坊画家が、作り方と愉しみ方を文章と絵で綴る、美味三昧エッセイ。

580円

バスは北を進む せきしろ

故郷で暮らした時間より、出てからの方がずっと長いというのに、思い出すのは北海道東部「道東」の、冬にはマイナス20度以下になる、氷点下で暮らした日々のこと。センチメンタルエッセイ集。自由律俳句も収載。

書き下ろし

580円

蜜蜂と遠雷（上・下）

恩田陸

著者渾身、文句なしの最高傑作！

芳ヶ江国際ピアノコンクール。天才たちによる競争という名の自らとの闘い。第一次から第三次予選そして本選。〝神からのギフト〟は誰か？　直木賞と本屋大賞を史上初W受賞した奇跡の小説。

上・730円

下・730円

宝の地図をみつけたら

大崎梢

追いつ追われつの〝埋蔵金〟ミステリー!!

地図を片手に夢中になった「金塊が眠る幻の村」探しを九年ぶりに再開した晶良と伯斗。しかしその直後、伯斗の消息が途絶えてしまう。代わりに〝お宝〟を狙うヤバイ連中が次々に現れて……ついには殺人事件!?

600円

いちばん初めにあった海

加納朋子

千波は、本棚に読んだ覚えのない本を見つける。挟まっていた未開封の手紙には、「わたしも人を殺したことがある」と書かれていた。切なくも温かな真実が明らかになる感動のミステリー。

580円

表示の価格はすべて本体価格です。

幻冬舎　〒151-0051 東京都渋谷区千駄ヶ谷4-9-7 Tel.03-5411-6222 Fax.03-5411-6233
幻冬舎ホームページアドレス　http://www.gentosha.co.jp/

——有能な捌き屋が登場しても、状況は変わらない——

——変えるのが俺の仕事や。訴訟の準備をするか——

——代理人といえども、あなたの言葉だけでは動きません。松葉建設の正式な文書での異議申し立てがあれば、その時点で、こちらも対処します——

まるで仮契約の破棄を通告するのが仕事だったかのようなもの言いだった。松葉建設が通告を受け入れるはずもないのは自明の理なのに、鶴谷の腹の内をさぐるような言葉も気配もなかった。

——新山建工とはどういうつながりや——

——ご存知なのでは——

——あんたが暴力団組長のフロントの会社の顧問をしていることか——

川上が感情を表にだしたのはあのときだけである。

それまでの口ぶりから、鶴谷が川上の身辺を調査しているのは承知の上と思えた。

新山建工と口にしても川上は動じなかった。

なぜ、ＫＲネットには反応したのか。

「鶴谷さん」

声をかけられ、視線を戻した。

「三浦咲子は特養ホームにむかっている模様です」

木村がタブレットを見ながら言った。

「娘の車にもGPS端末を取り付けたのか」

「いいえ。ケータイの位置情報です」木村が目を合わせた。「あまりにも調査対象者の動きが鈍いので、けさ、新山建工の車両……増山を乗せた車にもGPS端末を取り付けました。あのときの運転手はいつもおなじ車を使用しているそうです。それと、品川駅周辺の宿泊施設を調べています」

鶴谷は頷いた。

——品川駅の近くでNシステムから消え、十数分後、高速道路に乗り、横浜の本社に戻ったそうです——

古巣からの情報を抛り処に、木村は独断で調査を始めた。動かぬ状況を打開するため、増山の行方を追っている。

そう思えば、事後報告も気にならない。

特別養護老人ホームの駐車場には四台の車が駐まっていた。

木村が指をさした。

「端にある赤い車です」

「咲子は」

「まだ中にいるようです」

「ここで待つ。場合によってはこの車に乗せてもいいか」

「もちろんです」

「咲子に通話記録と銀行の入出金明細書を突きつけるのはどうや」

「問題ないです」

木村が即答した。

鶴谷は、けさ木村がファクスでよこした資料を再読した。川上が動かない状況で、どこから攻めるか。思案しているさなかに咲子に関する報告書が届いた。

木村が耳に挿したイヤフォンに手をふれた。

「咲子が出てきます。黒のパンツにベージュのコートを着ています」

鶴谷はそとに出た。

ほどなく、ホームの玄関から女があらわれた。周囲を窺《うかが》うこともなく、車に近づいてくる。切れ長の目と薄いくちびる。ショートヘアが似合う美形だ。

咲子がコートのポケットから手を出し、リモコンキーをかざした。

「三浦さん」

声をかけ、接近した。

「三浦咲子さんですね」

きょとんとしたのは一瞬だった。

「ええ。あなたは」

「鶴谷と申します」

優信調査事務所のほうの名刺を手渡した。

「増山安治さんの件で、お話を伺いたいのですが」

「父のことを調べているのですか」

「はい」

「誰の依頼ですか」

口調がきつくなった。

「本来は守秘義務があるのでお答えできないのですが、調査は緊急を要するのでお話しします。依頼主は増山翔一さんです」

「そんな」

咲子が目をまるくした。

「あなたの弟さんは安治さんの消息がわからなくなったと……自分より仲が良いあなたに聞いても知らないと言われたそうです。事実ですか」

「弟から電話があったのは事実です」

咲子の声音が弱くなった。

本多の家を訪ねる前に翔一のアパートに寄り、父親の捜索を依頼するよう頼んだ。翔一は快諾し、辻褄《つじつま》合わせのため、その場で咲子に電話をかけてくれた。

「どうして、弟さんにうそをついたのですか」

「えっ。いきなり、何を言うのですか」

咲子の眦がつりあがる。

「こちらにはそう確信する証拠がある。すこし時間をください」

「おことわりします」

「いいのですか。警察はこんな手ぬるいまねはしませんよ。安治さんは土地の売買契約を結ぶ直前に姿を消したのです。警察に行方不明者届を提出すれば、事件性を視野に入れて捜査を始めるでしょう」

「……………」

「どうです。穏便に話をしませんか」

「その前に、電話をかけさせてください」

「どなたに」

「…………」

咲子が目尻をさげた。

困惑しているのはあきらかだ。

「こちらの車で話しましょう」

鶴谷は咲子の腕をとった。

咲子は逆らわなかった。


アルファードの後部座席で咲子と正対した。

木村は助手席に移っていた。

鶴谷はコーヒーを淹れ、ホルダー付きのカップを咲子の前に置いた。

「ひさしぶりにここを訪ねられたようですが」

「そんなことまで……」

「安治さんに頼まれたのですか」

「違います。気になって、様子を見に来ました」

「安治さんはどこにいるのですか」

「知りません」

「それはないでしょう。翔一さんによれば、あなたは土地売買の経過を電話で報告していたそうですね」

「あたりまえです。身内だもの」

「交渉の経過は安治さんから聞いていたのですか」

「ほかに誰が教えてくれるの」

話すにつれて、咲子の声が強くなった。

「安治さんと最後に会われたのはいつですか」

「先月の末でした」

「電話で話したのは」

「一週間ほど前……」咲子が顔を近づける。「もう帰ります。警察の訊問みたいなまねをして……どうして、わたしがこんな目に遭わなきゃいけないの」

鶴谷は紙をテーブルに載せた。

「これは、あなたのスマホの通話記録です」

「何、これ。どういうこと」

咲子が金切り声を発した。顔が赤くなる。

「手続きは踏んでいる。法的に問題はない」

口調を変えた。

咲子がのけぞった。

鶴谷は畳みかける。

「安治さんのケータイの番号を教えてください」

咲子がスマートフォンを取りだした。テーブルに置き、画面にふれる。

「これよ」

鶴谷も画面にふれた。

「何するの」

声を荒らげ、咲子がスマートフォンを奪い返した。

鶴谷は通話記録を指さした。

「安治さんとの交信は今月二日が最後。だが、あなたは、今月の九日に弟の翔一さんに連絡したとき、さっきおとうさんと話したと言っている。あなたもさっき、最後に話したのは一週間ほど前だと……どの番号で話したのですか」

「言えない」

「なぜだ。調査に協力しなければ、この場に警察を呼ぶ。営利誘拐、土地売買の詐欺……安治さんが消息を絶った背景は幾つも考えられる」

「…………」

咲子が頭をふり、うつむいた。

「正直に答えろ。どの番号だ」

「その……赤いラインよ」

蚊の鳴くような声だった。

「きのうも電話がかかってきたようだな」

さっき、咲子のスマートフォンの着信履歴を見た。

咲子が口をひらいたが、声にならなかった。

「どんな話をした」

「おかあさんの様子を見に行くよう頼まれた」

「安治さんはどこにいる」

「知らない。ほんとうよ」

「それで心配にならないのか」

「本人が、大丈夫だって……しばらくの間のことだとも……」

「安治さんは自分の意志で身を隠したのか」

「そう聞きました」

「どうしてそんなことをする必要がある」

「土地売買の交渉ではいろんな邪魔が入るから、しばらく誰とも会いたくないって
……ケータイの番号を変えたのもおなじ理由だそうです」

「おかしいじゃないか」

「えっ」

「安治さんは今月二日から九日の間にケータイの番号を……正確には機種を変えた。

それまで、安治さんは自分で交渉の場につき、交渉は順調に進捗していた」

「わたしもそう聞いていました」

平静を取り戻したような口調で言った。

鶴谷の話に興味を覚えたような目になっている。

別の紙を見せた。

「これは、安治さんが使っているケータイの通話記録だ」

長い未使用期間があり、今月に入ってから再び使われだした。

「これには二つの電話番号しか載っていない。あなたと、川上という弁護士。弁護士

は、今月二日以前にも安治さん名義のケータイと交信していた」

　咲子が前かがみになる。

「父は弁護士を雇ったのですか」

「その可能性が高い」曖昧に答えた。よけいな情報は与えたくない。「ただし、二人が接触したのは土地売買の交渉中のことだと思われる」

「父は……大丈夫でしょうか」

　姿勢を戻し、咲子が細い眉をひそめた。

「本人に確かめられてはどうですか」

　鶴谷は丁寧なもの言いに戻した。

　咲子の不安げな表情は信用できる。

「そうします」

　咲子がスマートフォンを手にした。

「スピーカーにしてください」

　頷き、咲子が画面にふれる。

「おとうさん、わたし……いま、どこにいるの」

《言えないんだ》

「どうして。わたしは娘なのよ」

《すまん……》

「トラブルに巻き込まれているの」

《…………》

通話が切れた。

咲子が視線をあげた。黒い瞳がゆれている。

「お願いです。父を見つけてください」

ひきつったような声だった。

鶴谷はこくりと頷いた。

咲子が去ったあと、木村が元の席に戻った。
話しかけようとする木村を手のひらで制し、スマートフォンを耳にあてた。
一回の着信音で相手がでた。
《杉江です。こちらから電話するところでした》
「何か、わかったか」
《あの土地に目をつけている同業者はいません。当然ですね。あの土地の半分近くは

松葉建設の子会社の所有です。ほかの土地を購入したところで、子会社の土地が手に入らなければ価値は半減します》
「誰かが手をだしているとして、何が考えられる」
《利ざやを稼ごうとする地上げ屋か……でも、それもないでしょう。我が社はそういう連中の動向も把握できます》
「横浜も動いていないのだな」
《新山建工ですね。ないです。極秘案件として、笹川建設に訊きました》
「借りをつくらせて、すまない」
《気になさらずに。同業者との貸し借りは日常茶飯事です。あと、考えられるとすれば、嫌がらせの類でしょうね》
「なるほど」
鶴谷は頷いた。
《難航しているのですか》
「そんな声に聞こえるのか」
《ええ。でも、心配はしません。落着したら、また遊んでください》
通話が切れた。

スマートフォンを見つめて息をつき、思いだしたように煙草を喫いつけた。

木村が話しかける。

「東和地所の杉江さんですか」

「ああ」

杉江とのやりとりをかいつまんで話した。

木村がしきりに首をひねった。うかない顔から思い悩む表情になっている。

鶴谷とおなじ疑念を抱いているのはあきらかだ。

「どういうことなのでしょう」

木村がつぶやくように言った。

鶴谷は、煙草をふかしながら頭の中を整理した。疑念の一つひとつを推察すれば混乱を来してしまう。

「何としても増山の所在を突き止めろ」

強い口調で命じた。

これまで増山を重要視していなかった。職人気質の老人が大企業を相手に策を弄するとは思えない。弁護士の川上が増山に知恵を授けたと考えるのが道理で、川上の思惑をさぐることを優先してきた。

しかし、ゆさぶりをかけても川上は動こうとしない。それどころか、まるで対岸の火事を眺めているようにも感じられる。

相手を間違えたか。思い、鶴谷は頭をふった。拍子に何かが剝がれ落ちた。

「増山の身柄を確保し、白紙委任状の撤回を求める」

木村の表情が弛んだ。

「シンプルですね」

「依頼者を失った川上がどう動くか。あらたな敵があらわれるのか。が、口で言うほど、増山の身柄確保は容易《たやす》くない。咲子の話からしても、相手は用意周到に行動していると思われる」

木村が携帯電話を手にした。

「わたしだ。増山安治の所在を突き止めるのを再優先事項とする……人員を増やし、消息を絶ったと思われる品川駅周辺および増山の関係先を徹底的に調べなさい……そう。多少の支障を来しても仕方ない。わたしが対応する……それと、川上弁護士事務所のスタッフ全員も監視してくれ。以上だ」

口から熱を撒き散らすように喋った。

木村が携帯電話を畳むのを見て、話しかける。

「新山建工の田所課長はどこにいる」

「確認します」木村がタブレットにふれた。「社内にいるようです」

「会社の車は」

木村の右手がせわしなく動く。

「横浜の本社に駐めてあります」

「増山を乗せた車を運転していた相原の素性はわかっているか」

「はい。六十二歳、妻と二人の子がいます。都内のタクシー会社に長く勤務し、二年前、契約社員として新山建工に雇われました」

鶴谷は煙草で間を空けた。ためらいは捨てる。

「相原の身辺を調べろ」

言って、セカンドバッグから札束を取りだした。三百万円ある。

「追加の経費や。損害賠償を請求してもかまわん」

「ご心配なく。事務所が潰れたら、社員を丸抱えしてもらいます」

木村が澄ました顔で言った。

鶴谷は肩をすぼめた。いらぬことを口走った。受けた恩義はカネで返す。頑なに自分に言い聞かせることが苦痛になるときもある。

「松葉建設に行ってくれ」

「約束しているのですか」

「思いつきよ」

そっけなく返した。

車が動きだしてすぐ、ポケットのスマートフォンがふるえた。手に取り、画面を見る。白岩だ。迷いはない。声を聞きたくなった。

「忙しい」

《聞き飽きた。麻布十番の事務所にこい》

白岩が投げつけるように言った。

怒っているのは声でわかる。

「こっちに来ているのか」

《きのう、着いた。頭を冷やすのにひと晩かかった》

「本家から破門されたか」

《あたらずといえども遠からずや》

冗談の口ぶりではなかった。

「何があった」

《会うて話す。予定を変更してでもこいよ》

ものを言う前に通話が切れた。

スマートフォンのデジタルを見た。午後三時を過ぎている。

運転席に声をかける。

「行き先変更や。有栖川《ありすがわ》公園に行ってくれ」

正式名称は有栖川宮記念公園だが、略しても通じる。

運転手の返事のあと、木村が口をひらく。

「白岩さんですね」

「うれしそうやな。代わりに、会うか」

「滅相もない。機嫌の悪い白岩さんにはカネを積まれてもご免です」

「機嫌が悪いと、どうしてわかった」

「鶴谷さんの顔に書いてあります」

「ふん。あいつの事務所の近くに喫茶店はあるか」

「はい。しゃれたカフェテラスが」

「おまえとの密談の場所か」

「……………」

木村が目をぱちくりさせた。

「そこへ行け。二人ともまともに昼飯も食ってないんやろ」

「ごちそうさまです」

運転席から声が届いた。

滅多に言葉を交わすこともない調査員の声はあかるかった。

鶴谷は頰を弛めた。救われた。そんな気分にもなった。

木村を筆頭に、優信調査事務所の皆には過酷な仕事を強いている。

カネのためだけではありません。

そう言ったようにも聞こえた。


白岩は白のジャージの上下を着て、コーナーソファに座っていた。

想像していた顔とは違った。

「機嫌は直ったのか」

からかい半分に言い、ジャケットを脱いでソファに腰をおろした。

「顔を見りゃ安心よ。これから嚙んでふくめて話したる」

「俺はスルメか」

「まあ、味はある。わかるやつはそうおらんやろが」

もの言いもゆったりしている。

顔つきといい、態度といい、鶴谷は拍子抜けした。

「鶴谷さん、いらっしゃいませ」

キッチンから竹内修がやってきた。丸顔で、坊主頭がよく似合う。大阪の料亭で板前修業をしていたころ、客の白岩に土下座し、乾分になるのを志願したという。

おなじ階の通路向かいには花房組東京支部の事務所がある。常駐の三人はいずれも三十代前半で、先日結婚した支部長の佐野以外は独身である。

竹内がテーブルにコーヒーカップを置く。

「おまえも東京で結婚するのか」

「自分は関西弁の女のほうが好きです」

「東京にもおるやないか」

「おなじ関西弁でも雰囲気が……うまく言えません」

鶴谷は笑顔を返した。

何となくわかる。「好きやねん」とおなじ女が関西弁で言っても、銀座とミナミでは違って聞こえるような気がする。

白岩が口をひらく。

「竹内、酒の用意や」

「水割りですか」

「ボトルを持ってこい。あては要らん。用意したら事務所に戻れ」

竹内が立ち去るや、白岩が視線をむけた。

「言うてみい。どう順調や」

「俺の報告が先か」

言って、鶴谷は煙草を喫いつけた。

「わいが先に喋れば、おまえは話に色を付ける」

鶴谷は肩をすぼめた。

白岩は何でもわかったように言う。が、反論はできない。つうかあの仲なのだ。

「実を言うと、難儀している。というか、迷っている」

正直に吐露し、これまでの経緯を教えた。細部は端折《はしょ》ったけれど、それでも話しおえるのに十数分を要した。

その間に、白岩がマッカラン18年のボトルを手に取り、水割りをつくった。そのあと、グラス片手にソファにもたれ、口をはさまず聞き入っていた。

鶴谷も水割りを飲んだ。フルーティーな香りが咽を通った。気持が軽くなったような気がする。美味い酒のおかげだけでないのはわかっている。

白岩が太い首をまわした。

「わいも難儀しとる」

ひと声放ち、表情を弛めた。

「破門の話か」

「そのほうが楽や」あっけらかんと言い、二杯目の水割りをつくる。口をつけて、視線を戻した。「本家の六代目が引退するかもしれん」

「ほう。いよいよ光義の出番か」

「そのときがくれば腹は括る。担がれた神輿から降りるようなまねはせん。が、そうなるかどうかもわからんのに、まわりがうるさい」

「組織内の覇権争いとはそういうものよ。企業もおなじ。表にでないだけで、裏では血みどろの抗争を続けている」

「他人事みたいに言うな。おまえも、醜い争いのど真ん中で生きているやないか」白岩がグラスをあおる。「わいにはまねができん」

「どういう意味や」

「わいの唯一の欠点を言うてみい」

「欠点は山ほどある。が、苦手なのはわかる。駆け引きが下手や」

「さすが、友や。けど、下手やない。できんのや。で、おまえを尊敬しとる」

「褒められているような気がせん」

「素直にならんかい。わいは、自分にできんことをやるやつは尊敬する。おまえは勝負師や。相手の頭の中を読み、適宜的確に行動する」

「おい、どうした」顔を近づけた。「とち狂ったか」

「かもしれん」

白岩が二杯目の水割りも空けた。

鶴谷はボトルを持ち、白岩のグラスに液体を注いだ。水は必要なさそうだ。こうして話している間はいくら飲んでも酔わないだろう。

白岩が言葉をたした。

「おまえ、まだ隠しとるやろ」

「何のことや」

「関東誠和会の野村義友《よしとも》よ」

「…………」

　鶴谷は口をつぐんだ。

　その話がでそうな予感はあった。が、自分からは話せなかった。

　白岩も二の句を発しない。顔から表情が消えている。

　その顔を見つめているうちにうかんだことが声になる。

「一成会の跡目争いに野村が絡んでいるのか」

「わからん。が、おまえの仕事には絡んでいると思う」

「どういうことや」

　声がとがった。

「先月の末、本家の若頭の黒崎と事務局長の角野が山隆組の高橋組長を連れて上京した。三人は西麻布の割烹で野村と食事をし、六本木で飲んだ」

「どこからの情報や」

「大阪府警よ。生活安全部と四課が高橋を的にかけ、特殊詐欺の容疑で内偵中や」

「義理掛けやないのか」

「それなら、まず関東誠和会の本部に足をむける。一成会と関東誠和会はてっぺんが兄弟分の盃を交わしているさかい、それが極道の筋や。黒崎らはそれを省いた。つまり、私的な用で野村に会いに来たということよ」

「………」

鶴谷は無言で白岩を見つめた。まだ続きがありそうだ。

「西麻布の割烹には弁護士の川上が同席していた」

「ほんとうか」

「ああ。六本木のクラブでは別の男が合流したそうな」

「誰や」

「わからん。いま、調べさせている」白岩がグラスを傾けた。「翌日、角野はひとりで横浜にある新山建工の本社を訪ねた」

「なんと」声が裏返りそうになった。「黒崎らは」

「朝、新幹線に乗った」

鶴谷は首をひねった。

うかんだ疑念が声になる。

「大阪府警の的は高橋やろ。なんで、角野を尾行した」

「それよ。木村から聞いてないのか」

「何を」

「警視庁の組織犯罪対策部が新山建工を的にかけ、内偵している」

「それなら聞いた。捜査の本命はＫＲネットという会社や。外国人労働者を企業に斡旋していて、新山建工とも取引がある」

白岩が眉間に縦皺を刻んだ。

鶴谷は顔をしかめた。

白岩は頭が切れる。警察組織にも精通している。

「わかった。正直に話す。ＫＲネットは野村の企業舎弟が経営している」

白岩が目を見開き、うめき声を洩らした。

まるで狂った猪のような形相になった。

鶴谷はあわてて言葉をたした。

「けど、心配するな。木村によれば、内偵捜査は来年の春までかかるそうや。俺の仕事の邪魔にはならん」

「そんなことやない」

白岩が投げつけるように言った。

「どういうことや」

「角野のことは以前に教えたやろ」

「寝業師……おまえの仇敵や」

白岩がこくりと頷いた。

「野村は、わいとおまえ、木村の心火の敵や」

「それは……」

「喋るな」怒鳴り、顔を近づける。「ええか。仇敵と心火の敵が面を合わせ、そこに弁護士の川上が同席した。おまえの仕事に無関係とは思えん」

「考え過ぎや」

「そんなことはない。角野を舐めるな」

「舐めはせん。が、角野が俺の仕事にどう絡む」

「それを調べる」

「やめろ。俺の仕事や」

「わかっとる。けど、角野は、わいとおまえを一緒くたにしているはずや」

鶴谷は何度も首をふった。

何を言おうと水掛け論になりそうだ。白岩の燃え盛る激情は鎮まりそうにない。それ以前に、白岩の推論を否定しきれないでいる。

――考えられるとすれば、嫌がらせの類でしょうね――

東和地所の杉江のひと言が鼓膜に残っている。

煙草を喫いつけてからスマートフォンを手にした。木村はすぐにでた。

「いま話せるか」

《はい。どうぞ》

「先月の末、一成会の黒崎若頭と角野事務局長が上京し、西麻布の割烹で野村に会った。その席には川上が同席していたそうだ」

《白岩さんの情報ですか》

木村の声が硬くなった。

鶴谷は白岩の話を詳細に教えた。

「古巣に確認しろ」

《西麻布の割烹は、以前、鶴谷さんが野村と会われた店ですか》

「待て」白岩を見た。「西麻布の店の名は」

「聞いてない。店の女将は野村の女らしい」

頷き、木村に話しかける。

「そうだと思う。で、角野の身辺を調べられるか」

《角野と新山建工の接点ですね》

「ああ。角野はひとりで新山建工を訪ねた。川上が同行しなかったということは以前からつき合いがあると考えられる」

《わかりました。ほかには》

「六本木のクラブで合流したという男の素性が知りたい」

白岩が手のひらを突きだした。

「ネオという店や」

「聞こえたか」

《ネオですね。さっそく手配します》

鶴谷はスマートフォンをポケットに戻した。

白岩が口をひらく。

「依頼を降りろとは言わん。が、しばらく様子を見ろ」

「指図をするな」

「そうはいかん。野村ひとりなら我慢もするが」

鶴谷は煙草を消し、白岩の目を見つめた。

「光義、頼みがある」

「ん」

「このまま大阪に帰ってくれ」

「あほか。おまえを見捨てて帰れるか」

「俺もおなじ気持よ。心配するな。そう簡単にはくたばらん。どうしようもない状況に追い込まれたら、おまえを頼る。それまで、大阪に専念しろ」

懇願するように言った。

白岩が首をふり続ける。駄々をこねるガキのようだ。

しかし、引きさがるわけにはいかない。

「おまえの留守中に大阪で事がおきれば、俺は大阪に顔向けできん。花房夫妻とおまえを慕う身内に死んで詫びるしかない」

「詫びる前に死んだらどうする」白岩の眼光が増した。「敵は野村と角野だけやない。前門の虎、後門の狼や」

「狼は警察か」

「そうよ。それも、東京と大阪の二匹。前回のこともある。おまえは警察の捜査に協力せんかった。野村や角野と悶着をおこせば、警察はおまえも的にかける」

「承知や」語気を強めた。「が、それはおまえにもあてはまる。警視庁と大阪府警のマル暴担にとって、おまえは極上の的や」

「わいも承知よ」

にべもなく言い放ち、白岩はグラスをあおった。

鶴谷はため息をついた。肩の力が抜けていくのがわかった。


三十分後、鶴谷はひとりでそとに出た。

闇が降りていた。風のせいか、マンションの窓灯りが寒そうにゆれている。

木村が駆け寄ってきた。

「いたのか」

「はい」

木村の目に熱を感じた。

自分と白岩がどういう行動にでるか、気を揉んでいたのだ。

「古巣から連絡はあったか」

「まだです。うちの副所長を桜田門へむかわせました」

「むりはしても、無茶はするな。警視庁あっての優信調査事務所や。前回の件で、おまえと警視庁の間に罅《ひび》が入ったことくらいわかる」

「ご心配なく。警視庁の子会社ではありません。顧客第一です」

「………」

鶴谷は口をつぐんだ。

そこまでにしておけ。仕事に情を絡めるな。

その言葉は胸に留めた。言っても、風の音のように聞き流すだろう。

アルファードに乗った。

木村がお茶を差しだした。

「これからどちらへ。松葉建設ですか」

「あそこはもういい。西麻布に行く」

木村が目を白黒させた。

「まさか……野村の女の店へ……」

「いい女の顔を見たくなった」

「それこそ無茶です」

「川上とは違う。野村がどう反応するか、見てみたい」

「自分も同行します」

「そのつもりよ」

あっさり返し、お茶を飲んだ。

「白岩さんは」

「しばらく居座るそうな。で、こんやは六本木で遊ぶことにした」

「忙中閑……仲がよろしいことで」

「監視よ。狂った猪を野放しにはできん」

言って、車から降りた。

風にあたりたい。それに、目的地はそう遠くない。

急な坂を広尾方面にくだり、大通りを右に行けば西麻布にたどり着く。


「あらわれませんでしたね」

西麻布の割烹を出るなり、木村が言った。

声に安堵の気配がまじっていた。

予約をせずに行ったが、女将は歓待してくれた。八年ぶりに訪ねたのに、女将は名前を憶えていた。カウンター席で食事をしている間も話しかけてきたが、野村の名前は口にしなかった。おかげで、京料理を堪能できた。女将は京都山科《やましな》の出身、花板は京都の老舗料亭で修業を積んだという。

西麻布の交差点を右折し、だらだらと続く坂道をあがる。

木村に話しかけた。

「誰かが動いたのか」

食事中に木村が席をはずし、五分ほど戻ってこなかった。

「新山建工の相原が、帰宅したあと自分の車で外出しました。自宅のある川崎から東京方面へむかっているそうです」

「総務課の田所は」

「横浜の関内《かんない》の居酒屋にいます。同僚らしき男らと一緒のようです」

「川上は」

「弁護士会の会合に参加しています」

鶴谷はちいさく頷いた。

あいかわらず川上の動きは鈍い。が、胸のもやもやは消えている。増山の身柄を確保する。白岩と話しても、その決断がゆれることはなかった。

増山の身柄を押さえたあとは出た処《とこ》勝負。そんな気持にもなっている。

六本木交差点を右折し、路地に入った。

「あれですね」

木村がビルの袖看板を指さした。〈CLUB　NEO〉の文字がある。

「白岩さんとは何時の待ち合わせですか」

「もうおるやろ」

エントランスに入った。エレベーターで三階にあがる。

クラブ『NEO』の客席は八割ほど客で埋まっていた。

白と黒を基調にしたシックな感じの店である。フロア中央のグランドピアノがスポットライトを浴びていた。紺色のワンピースを着た女が細い身体をゆらしながらピアノを弾いている。やさしい音色だ。

黒服の男に案内され、奥へむかう。

「おお、木村も一緒か」

角のボックス席に座る白岩が破顔した。

狂った猪の形相は部屋に置いてきたか。着飾った女を見てやにさがったか。

左どなりと正面の補助椅子に女がいる。となりの女は二十代前半か。ショートヘアで目が栗鼠《りす》のようだ。もうひとりは四十歳前後。丸顔で、髪をアップにしている。黒のイブニングドレスはものが良さそうに見える。

鶴谷は空いているほうのソファに腰をおろし、木村が白岩の右に座った。

補助椅子の女がおしぼりを差しだした。

「何を飲まれますか」

「水割りを頼む」

テーブルに山崎12年のボトルがある。

女たちが名刺をよこした。若いほうは〈波多野千紗〉、年輩が〈岩見沢輝〉。輝はひかると読むのか。ちかごろのホステスは覚えにくい名前をつけたがる。客商売だという意識が欠如している。

白岩が話しかける。

「この店は気に入った。鶴の勢揃いや」

となりの女が目をまるくした。

「わたしだけじゃないの。さっき、掃き溜めに鶴って言わなかった」

「言うた。チーちゃんは丹頂鶴や。剝製にして部屋に飾りたい」

「わたし、殺されるの」

「人生は短い。剝製は万年生きる」

「…………」

千紗がぽかんとした。

輝が手のひらを口にあてた。

「相手にするな。あほになるで」

鶴谷の声に、千紗が反応した。

「うち、あほやねん」

「聞いたか」白岩が言う。「見習え。おまえは自覚がたりん」

「はいはい」

ぞんざいに返した。

「チーちゃんは同郷や。区もおなじよ」

「かわいそうに。せめて、まともな男を相手にしろ」

「むりかも……わたし、男運が悪いんです」

標準語になっても、関西訛りは消えなかった。

輝が口をひらく。

「仲がよろしいのですね」

「腐れ縁よ」

言って、鶴谷は水割りを飲んだ。

「聞いたか、木村さん」白岩が言う。「つき合いを考えたほうがええで」

「身体が腐っても縁が続くという意味でしょう」

木村が何食わぬ顔で答えた。

白岩が目も口もまるくした。

鶴谷も手の動きを止めた。

「いらっしゃいませ」

黒服の声がし、鶴谷は視線をふった。

恰幅のいい男が近づいてくる。

白岩がにやりとした。

「これは、野村さん。奇遇ですな」

「白岩さんも人が悪い。来ておられるのならひと声かけてください」

笑顔で応じ、黒服に声をかける。

「むこうは空いているか」

「はい。用意してあります」

言ったあと、黒服が顔を強張らせた。

野村に睨まれたのだ。ひと言多かったか。

ＶＩＰルームに移った。

こぢんまりした部屋だ。黒革のコーナーソファには五、六人が座れる。

ドアの前で木村が立ち止まる。

「自分はこれで失礼します」

鶴谷は頷いた。

移動する直前、木村は携帯電話の画面を見ていた。監視対象者の誰かに動きがあったのか。古巣から情報がもたらされたか。耳打ちしなかったのだから、緊急を要することではないのだろう。

引き止めなかった理由はほかにもある。木村の部下は野村の身内に殺されたのだから心中穏やかなはずもなく、まずい酒になる。それに、白岩と野村の、極道者としての駆け引きに木村を巻き込みたくなかった。

鶴谷と白岩は奥のソファにならんで座り、手前に野村が腰をおろした。

「いまの方は」

「わいの友ですわ」

白岩が答えた。

黒服がワゴンを運んできた。響17年のボトルと黒のワインクーラー。シャトー・マルゴーの栓を抜いてグラスに注ぎ、野村に差しだした。野村が口にふくんだあと頷くのを見て、三つのグラスにワインを注いだ。

「口が腫れそうや」

言って、白岩がグラスを傾ける。

鶴谷も飲んだ。ワインは嗜《たしな》まないけれど、質はわかる。シャトー・マルゴーの中ランクだが、それでもクラブでは三十万円ほどの値がつく。鼻から香りがぬけた。

野村がシガーカッターで葉巻の吸口を切る。ふかし、鶴谷に顔をむけた。

「わたしにご用がおありですか」

丁寧なもの言いだった。

鶴谷はワイングラスをテーブルに戻した。

「仕事を進めるさなかに野村さんの名前がでてきましてね」

「ほう。わたしを憶えていてくれたのか。ところで、何を手がけている」

「弁護士の川上芳生……ご存知でしょう。彼が俺の交渉相手です」

野村が首をかしげた。

鶴谷の胸中を推し量っているのか。返答を思案しているのか。

ややあって口をひらく。

「川上と縁があるのは認める。が、つき合いのある弁護士のひとりにすぎん。どんな案件を扱っているのか知らないが、それにわたしが絡んでいると思うのか」

「さあ。ただ、視野はひろげておきたい」

「で、わたしと話したくなったのか」

「どうでもいい」

鶴谷はぶっきらぼうに返した。

野村の目つきが一変する。

それを目で弾き返した。睨み殺すような目は何度も見てきた。

「わたしを視野に入れる……わたしのまわりをうろついたのは、宣戦布告か」

「的は川上……が、稼業の邪魔になるようなら、誰であれ、つぶす」

「粋がるな」

野村が怒声を発した。

壁際に立つ黒服の顔が強張り、身体は棒杭のように固まった。

「たかが捌き屋ごとき……はね返りもほどほどにしろ」野村が視線をずらした。「白岩さん、あんたもおなじか」

「勘違いしたらあかん。わいは、鶴谷のしのぎに加担しているわけやない。けど、野村さんの名前を聞けば、話は違《ちご》うてくる」

「どういう意味だ」

咬みつくように言い、野村が前のめりになる。

「わいの口から言わせたいんかい」

白岩も口調を変えた。

一瞬にして部屋の空気が凍てつく。関西極道と関東やくざが火花を散らしても、空気はそよともゆれなかった。

白岩が続ける。

「わいの堪忍は一度きり……二度目は、ない」

「喧嘩を売りに来たのか」

「なら、どうする。下に控える乾分らを呼ぶか」

「お望みとあらば」

「好きにさらせ。けど、言うとくで。ドアが開けば、あんたの命は保証せん」

「てめえ」

野村の腰がういた。眦はつりあがり、こめかみの青筋がふくらむ。

数秒の睨み合いのあと、野村が身体をソファに沈めた。

「消えろ。二度とてめえらの面は見たくない」

「残念やのう」白岩がにやりとした。「お手々つないで小菅《こすげ》に行けたのに……しゃあない。続きは三途の川でやるか」

言い置き、白岩がゆっくりと立ちあがった。


支払いを済ませ、『NEO』を出た。

ワインの料金もVIPルームの使用料もふくまれていなかった。

エレベーターで一階に降りた。

エントランスに二人、路上に三人。ひと目でそれとわかる男どもが、絡みつくようなまなざしをむけた。

「精がでるのう」

「何だと」

白岩のひと言に、革ジャンの男が目を剝き、一歩踏みだした。

かたわらの黒いスーツを着た男があわてて間に入る。

「ご苦労様でした」

紋切り口調で言った。

危険な空気を感じたのか、路上を歩く人はいなかった。

白岩が話しかける。

「おまえの狙いどおりの展開になったか」

「想定内やが、おまえの出番は考えていなかった」

「あまいのう」

「何とでも言え」

鶴谷は投げやりに返した。

——弁護士の川上芳生……ご存知でしょう。彼が俺の交渉相手です——

用意していた台詞は口にした。

——的は川上……が、稼業の邪魔になるようなら、誰であれ、つぶす——

あれも売り言葉に買い言葉ではなかった。

野村に川上を意識させたかった。いま的にかけているのは地主の増山である。どれほどの効果があるかは未知数だが、わずかでも時間を稼ぎたい。

靴音がした。

路地から男があらわれ、路面に薄い影を伸ばした。

薄暗くても面相はわかった。増山の家にいた中西である。

鶴谷は、無言で白岩の前に立った。

「てめえ」

咆哮《ほうこう》し、中西が突進してくる。脇腹のドスが光った。

体をかわし、ドスを持つ腕をかかえる。中西の首に右の拳を叩き込んだ。

うめき、中西が膝から崩れた。

「挑発に乗るな」白岩が声を発した。「行くぞ」

白岩が歩きだした。

鶴谷もあとに続く。

挑発の意味はわかった。中西は捨て駒である。本気で命を狙うのなら、拳銃をむける。エントランスにいた革ジャンの男の左胸はふくらんでいた。

運良く警察沙汰になればとでも考えたか。警察は、被害者であっても、事件に暴力団関係者が絡めば関係ないことまで根掘り葉掘り訊く。かつて、白岩は、民間人の女を助けたにもかかわらず、新宿署に四十八時間勾留された。

十メートルほど先にメインストリートがある。

前方からも男が駆け寄ってきた。木村だ。

「どうしました」

鶴谷は左手の親指をうしろにむけた。

「中西が寝ている」

「襲われたのですか」

「ああ」

「すぐにここから離れてください」

木村が早口で言った。

「あとは頼む」

白岩が声をかけ、身体のむきを変える。

右手の路地は闇が濃かった。


俳優座劇場の前で、迎えに来たアルファードに乗った。

いきなり、木村が声を発した。

「相原はグランドプリンスホテル新高輪に入りました」腕の時計を見る。「すでに一時間が過ぎています」

「ホテルのどこにいる」

「ロビーや飲食店にはいません。が、相原の車はいまも駐車場にあります」

頷き、鶴谷は煙草を喫いつけた。

「白岩さんは」

「あれからすぐに別れた」

「何があったのですか」

「中西がドスを手に突っ込んできた」

鶴谷は、『NEO』のVIPルームでの出来事から簡潔に教えた。

「よくご無事で」

「最後に、野村の腰が引けた」

「白岩さんはやる気だったのですか」

「あいつは意外と冷静に判断する。が、成り行き次第では、一歩も引かん」

白岩と野村が眼光をぶつけたとき、鶴谷の脇腹を冷たいものが滴りおちた。

どうやって白岩の身を護るか。そればかり考えていた。

野村の乾分が押しかけてこようと、白岩なら数秒で全員を叩きのめすだろう。白岩の拳も足も凶器である。が、そうなれば白岩の身柄は警察にとられる。

それを避けなければならなかった。

木村が隠すことなく息をついた。

「野村は、今回の事案への関与を否定しなかったのですね」

「肯定もしなかった。そんなことより、野村の行動が気になる。どうして、西麻布の割烹ではなく、六本木のクラブにあらわれたのか」

木村が目をしばたたいた。

「白岩さんがめあて……そういうことですか」

「推測に過ぎん。が、宣戦布告かと俺を煽《あお》ったのも、白岩を意識してのことのように思える。俺に牙をむけば、白岩がどうするか……やつはよく知っている」

「…………」

木村が眉をひそめた。

鶴谷は窓のそとを見た。

色んな光が混じり合いながら流れ去る。

神経にふれた。が、精神は安定している。緊張感が高まっているのか。心や頭に隙が生じているとき、パニック発作は発症しやすい。

グランドプリンスホテル新高輪の駐車場に着いた。前方にロータリーがあり、その先にホテルの出入口が見える。

時刻はまもなく午後十一時になる。

黒っぽいコートを着た男が近づいてきた。

「調査員です」

言って、木村がウィンドーを降ろした。

四十年輩の男が車内に顔を入れた。

「まだ、姿を見せません。宿泊客リストにマルタイの名前はありません。現在、宿泊者の身元を確認中です」

「相原の車はどこだ」

「右手の奥です」

「監視を続けろ」

「はい」

男が立ち去った。

木村が顔をむける。

「どうしますか」

「待つしかない」

「相原があらわれたら」

「攫《さら》う」

にべもなく答えた。

状況はおおきく変わった。己の行動に制限をつける必要がなくなった。

二本目の煙草を消したとき、木村が耳のイヤフォンに手をあてた。

「相原がロビーにあらわれました」

「俺が行く。おまえはここで監視を続けろ」

車を出て、ホテルの出入口へむかった。

顔見知りの調査員が右手を指さした。

「あのグレーのコートを着た男です」

頷き、鶴谷は細身の男に近づいた。正対し、声をかける。

「新山建工の相原さんか」

「あなたは」

男が低い声で言った。

おどろいた様子はない。が、細い目は不安そうに見える。

「鶴谷。松葉建設の代理人や」

「わたしに何か……」

「とぼけるな。こういう状況になるのは想定内やろ」

「……………」

相原の瞳が激しくゆれた。

「ここで誰に会うた」

「そんなこと、答える義務はありません。行かせてください」

相原が右に動こうとする。

鶴谷は腕をとった。

「増山は客室か。部屋番号を言え」

「そ、そんなこと……知りません」

しどろもどろに答えた。

木村が駆けてきた。血相を変えている。

「増山を発見しました」

言って、そのままホテルへむかって走る。

鶴谷は後を追わなかった。

相原を逃がすわけにはいかない。

五分後、木村が息を切らしてアルファードに戻ってきた。

血の気が引いている。頬がふるえているようにも見える。

「逃げられたか」

「すみません」木村の声がかすれた。「増山は別の出入口から出て、柘榴《ざくろ》坂に停まっていた車に乗せられました」

「乗せられたとはどういうことや」

「ロビーで見張っていた者によれば、二人の男に腕をかかえられていたそうです。キャップを被り、メガネをかけていたので発見が遅れたと……自分に連絡しながら追いかけたが間に合わず、車のナンバーも確認できませんでした」

「つぎの手を打て」

頷き、木村が車のそとに出た。

鶴谷の正面に座る相原の耳を気にしたのだ。

相原はずっとうなだれている。

鶴谷は相原の顎を摑んだ。

「おまえは、囮《おとり》か」

「…………」

相原がぶるぶると首をふる。

鶴谷は手を放した。

「増山安治は知っているな」

「ええ」

「誰に頼まれてここに来た」

「総務の田所課長です」

蚊の鳴くような声が続いている。

「新山建工の総務部の田所やな」

「ええ。会社から帰って晩ご飯を食べているとき、田所課長から電話があり、すぐ新高輪プリンスにむかうよう言われました」

「目的は」

「増山さんに会えと……それだけです」懇願するまなざしになる。「ほんとうです。△八×〇号室にいるとも教えられました」

「増山は部屋にいたのか」

「もうひとり、知らない男の人がいました」

「ツインルームか」

相原が頷く。

空唾をのんだようにも見えた。

「どんな男だ」

「ちょっと恐そうな感じの人でした」

「それからどうした」

「何も……部屋に入って、田所課長に連絡しました。課長からは、知らない男の人の指示に従えと言われました」

すこしずつ声が元気になった。

正直に話せば危害を加えられないと気づいたか。

木村が戻ってきた。

鶴谷は話を続ける。

「ケータイをだせ」

相原がスマートフォンを手にした。

「田所に電話しろ」

「えっ」

相原が目を見開く。目の玉がこぼれ落ちそうだ。

「心配するな。田所の指示かどうか確認するだけや。鶴谷という男に呼び止められたが、何事かおきたようで、すぐに解放されたと言え」

「ほんとうにそれだけですか」

「ああ。このことであんたが新山建工をクビになれば、仕事を見つけてやる」

「わかりました。復唱させてください」

ぶつぶつ言ったあと、相原がスマートフォンの画面にふれる。

ハンズフリーにさせた。

「相原です。任務を完了しました」

《ごくろうさん。面倒はなかったか》

「ホテルを出たところで鶴谷という男に呼び止められました。が、何事かあったようで、すぐに解放されました」

《何を聞かれた》

「相原かと……そのあと別の男が来て、一緒に走りだしました」

《了解した。こんやのことは他言無用だ》

「承知しました」

言いおわる前に通話が切れた。

鶴谷は祝儀袋をテーブルに置いた。十万円が入っている。

「引き止めて悪かった。これは正直に話してくれた謝礼や。口止め料込みだが」

言って、鶴谷は表情を弛めた。

「遠慮なく頂戴します」

祝儀袋を手にとり、相原が頭をさげた。

木村がドアを開ける。

そとに出て、相原がまたお辞儀をした。

ドアを閉じ、木村が正面に座った。

「ホテル内と周辺の防犯カメラおよびNシステムの映像を精査できるよう依頼しました。逃走した黒のミニバンを特定し、走行経路を追います」

「増山が泊まっていたのは△八×〇号室や」

部屋の中の様子も教えた。

木村が電話をかける。

鶴谷は煙草をくわえた。ゆっくり紫煙を吐く。

指示をおえた木村が息をつき、首をひねった。

「どうした」

「増山は自分の意志でホテルにいたのでしょうか」

「拉致された……そう思うのか」

「客室には別の男もいた。調査員によれば、引きずられるようにして車に乗った……本人の意志ではなかったように思います」

「…………」

鶴谷は窓外に目をむけた。

木村の推察は自分のそれと合致する。が、あくまで状況判断によるものだ。推察に頼れば疑念が拡散し、焦点がぼやけてしまう。

「野村がクラブに来た時刻も気になります。相原が外出したのは西麻布で食事をしている最中でした。野村は、鶴谷さんらを六本木に留め置くために……」

鶴谷は目で制した。

「それも推測に過ぎん」

「わかっています」

木村が怒ったように言った。

顔が強張っている。余裕のない表情を見せるのもめずらしい。

鶴谷はふかした煙草を消した。

「何を気にしている」

「こちらの動きを読まれているのではないかと……」木村が語尾を沈め、眉間に皺を刻む。「調査員は厳選して……」

「やめろ」怒鳴りつけた。「仲間を疑うな。俺は、おまえらを信頼している。ほんの一瞬でもおまえらを疑うようなことがあれば、稼業を畳む」

木村の眉間の皺が消えた。

代わりに、目が熱を発した。

★　★

一面の青空を切り裂くように細い筋雲が流れている。

市街地から見上げても京都の空はひろい。けさまで東京にいたのでなおさらそう感じる。古都を弄ぶように吹く風は晩秋というより初冬のそれだった。

白岩は、身ぶるいして、桜慈病院の敷地に入った。

桜慈病院は医療法人桜慈会の本丸で、鴨川と桂川にはさまれた南区にある。

一階ロビーはまるで老人ホームの集会場のようだった。

受付カウンターで病室の場所を聞き、エスカレーターで三階にあがる。

通路に二人の男が立っていた。ひと目でそれとわかる。ほかの入院患者を意識してか、紺色のスーツを着ているが、極道面は隠しようがない。

「ご苦労さまです」

二人が声を揃え、腰を折った。

そばを通りかかった少女が泣きそうな顔を見せた。

縫いぐるみでも着たらどうや。

目で言った。


男らに案内され、三〇一号室に足を踏み入れる。

「おお、白岩。来てくれたか」

山田隆之が掠れ声を発した。

陽光を浴びて輝く白布の上に胡座をかいていた。逆光でも満面の笑みはわかる。

「ごぶさたでした。体調は如何ですか」

言って、白岩はジャカード織りのジャケットを脱いだ。

――悪いが、京都の病院まで足を運んでくれんか――

けさ、何年ぶりかで電話があった。しおらしいもの言いが気になった。それで応諾したのではなかった。鶴谷のそばを離れるのは後ろ髪を引かれる思いだが、極道者としての筋目がある。

山田が若衆の肩を借りる。

立ち姿を見て、痩せ細ったのに気づいた。

「足がいうことを聞いてくれんのや」

苦笑交じりに言い、山田がコーナーソファの端に座った。

うながされ、白岩もソファに腰をおろした。

隣室のドアが開き、女が近づいてきた。

三十歳前後か。目鼻立ちの整った、細身の美形である。

「末っ子の結衣や。健気に面倒を見てくれる」

山田が相好を崩した。

「いらっしゃいませ」

結衣がお茶をテーブルに置いた。

山田が娘に声をかける。

「一時間ほど散歩しておいで」若衆を見た。「おまえらもそとに出とれ」

口をすぼめて息をつき、山田がソファにもたれた。

白岩は、お茶を飲んでから山田の双眸《そうぼう》を見つめた。

「なんぞ、急用でしたか」

山田がちいさく頷く。

「身体がいうことを聞かんようになると、頭も駄々をこねる。あれこれ悩み、考えても決心がつかん。で、おまえと話したくなった」

「光栄です」

白岩は短く返した。

京都へむかう新幹線の中で呼ばれた理由を考えた。が、頂にうっすら雪を被る富士山を見て、雑念は捨てた。何があろうと些細なことだ。

「おまえは幾つになった」

「五十二歳になりました」

「そうか。俺のひと回り下だったな。若くて羨ましい。前途洋々……極道としての器もおおきい。いずれは一成会の、いや、関西のてっぺんに立てるやろ」

「何がおっしゃりたいのですか」

「俺は引退しようと思う。が、心配なのは一成会の行く末や」山田がソファの背から離れ、前かがみになる。「おまえ、若頭として一成会を束ねてくれんか」

「黒崎の兄弟は」

「跡目を継がせる。が、やつも還暦を過ぎ、先が見えとる。やつのあとは……」

「待ってください」声を張った。「そのこと、黒崎や角野も承知ですか」

山田が細い目をとがらせた。

兄貴格の若頭や年長の事務局長を呼び捨てたのが癇に障ったか。

「いまのところ、俺の一存や」

「聞かなかったことにします」

「なんでや。若頭を務めたあとは会長になれる……それでも、不服か」

「一寸先は闇……烏合《うごう》の巣に生きていますのや」

山田が姿勢を戻した。目が笑っている。

「花房さんのことか。あのときとは状況が異なる。五代目は跡目に関する遺言を残さずに逝った。おまえが承諾すれば、俺は書面に認《したた》める」

「政治家やあるまいし」

ぞんざいなもの言いになった。

山田の眼光が増した。

かまわず二の句を発した。

「わいは、極道してまんねん」

「なにっ」

山田が目くじらを立てた。

「会長」

ひと声放ち、白岩は顔を突きだした。

山田が顎を引く。

「なんや」

「これで失礼しますわ」

白岩は席を蹴った。

低いうめき声が部屋の空気をふるわせた。

一階ロビーに降り立ち、携帯電話を手にした。
「どこにおる」
《左を見ろ》
「はあ」

間の抜けた声になった。

視線をふった先に探偵の長尾がいた。

迎えに来たのか。言いそうになった。

そんなわけがない。朝は長尾からの電話で目が覚めた。六本木のクラブ『NEO』で角野らと合流した男の素性が知れたという報告だった。その男の身辺調査と監視を依頼して電話を切ったのだが、三十分後にかかってきた山田からの電話のあと長尾に連絡し、夕方以降に会いたい旨を伝えたのだった。

「なんでここにおる」

「伊原《いはら》を尾けてきた。最上階の理事長室に入ったところまで確認した」

白岩は、電話での報告を思いうかべた。

伊原裕《ひろし》は三十二歳から四十八歳まで民和党所属の厚生族議員の私設秘書を務めていた。議員が脳梗塞を発症して職を辞したあと医療コンサルタントに転身し、議員の地盤だった大阪にオフィスを構えた。八年前のことだという。

「ここの理事長とは議員秘書時代から親しくしているそうだ」

白岩は周囲を見た。

立ち話はいかにもまずい。

長尾が口をひらく。

「駐車場のむこうに喫茶店がある」

「監視は」

「さっき、やつの車にGPS端末を取り付けた。助手が部屋で位置情報を確認している。けど、不安なら、そとで立ち話をするか」

「あいにく、虚弱体質でな」

言って、白岩は正面玄関にむかった。

そとに出て、話しかける。

「助手も元刑事か」

「嫁よ」

長尾がさらりと答えた。

「結婚したのか」

「あんたのおかげで指輪が買えた」

「そら、悪いことをした」

「あほくさ。嫁とは腐れ縁……俺も嫁も入籍なんてどうでもよかったが、指輪を見た嫁は泣いてよろこんだ。あんたに感謝している」

「………」

白岩は天を仰いだ。

筋雲は消えかかっていた。

ふと思いついたことが声になる。

「嫁をあぶない目に遭わせるな」

「心配いらん。俺より腕が立つ。合気道の有段者や。逃げ足も速い」

それでもと言いかけて、やめた。

危険な仕事を依頼したのは自分である。

喫茶店の窓際の席に座った。

メニューを見て腹が鳴った。でかける前にトーストを一枚齧り、昼飯はぬいた。時刻は午後三時を過ぎたところで、夕食時には間がある。

ウェートレスにコーヒーと玉子サンドを頼んだ。

視線を戻し、声を発した。

「どういう男や」

「羽振りは良さそうだ。関西には大手の製薬会社と医療機器メーカーがある。伊原が仕えていた議員はそれらと縁が深かったらしい」

「伊原はそれらの企業と、永田町や霞が関との仲をつないでいるわけか」

「本業はブローカー……新薬や最新の医療機器を病院に売り込んでいる。その橋渡しをしているのが桜慈会の理事長、桜井一樹《さくらいかずき》だ」

白岩は顔をしかめた。

長尾が桜井の名前を口にしたのは初めてではなかった。

──医師は山田とのつき合いが長く、引退を勧めたそうやが、三か月前の時点では迷っているみたいだったと……医師から話を聞くつもりだ──

山田の担当医師は桜井理事長の長男で、桜慈病院の内科部長を務めている。

「理事長は一成会事務局長の角野とも親交がある。山田は角野の紹介で桜慈病院に通いだしたという話や。会長になる以前は地元の病院を利用していたから、ほんとうのことなんだろう」

「うっとうしいのう」

投げやりに言い、手を伸ばした。

分厚いふわふわの玉子焼きが食欲をそそる。無言で食べた。甘さを抑えたトマトケチャップも気に入った。食べおえ、コーヒーを飲んで煙草を喫いつける。

長尾が口をひらく。

「役者が揃ったようだな」

「たのしそうに言うな。おまえにはまだやることがある」

「わかっている。伊原と、角野、野村との接点の有無やな」

「顔ぶれからして、伊原と角野がつながっているのは目に見える。要は中身や。角野はカネに惚れとる。二人がしのぎを共有しているかどうか、調べろ」

手帳に走り書きし、長尾が顔をあげた。

「東京方面はいいのか」

「ん」

「伊原と関東誠和会の野村との関係よ」

「…………」

白岩はきょとんとした。

目から鱗である。角野と伊原、角野と野村の関係だと思い込んでいた。

「業界関係者によれば、伊原の商談相手は東京に集中しているそうだ。議員秘書時代に培った人脈を活用しているとも聞いた。野村は経済やくざなんやろ」

「経済にもいろいろある」

棘のあるもの言いになった。

長尾が目で笑う。

「そうとう嫌っているようやな」

「うるさい」

「いいのか、調べなくても」

「カネがない」

「出世払いでも構わん」

長尾があっけらかんと言った。

答えず、白岩は煙草をふかした。

長尾との距離が近くなり過ぎたように感じる。そういう気性なのか。ときどき、己をきびしく律し、誰であろうと距離を置く鶴谷が羨ましくなる。

結婚したと聞いたとき、何かを背負ったような気分になった。

長尾が立ちあがった。手に持つ携帯電話が青く発光している。

五分ほどで戻ってきた。

「ところで、ミナミの石井から話を聞いていないか」

「何のことや」

「山隆組の幹部が数日前から姿を見せんようになったらしい。府警本部の特捜班が特殊詐欺の主犯格と目している男や」

「そいつと石井……どう関係がある」

「石井組の若い者とその男が宗右衛門町の路上で揉めていたという証言がある」

「ほんまか」

「事実確認はできてない。目撃者も乱闘騒ぎにはならなかったと言っている」

「警察は石井から事情を聞いたのか」

「それはない。極秘捜査の内偵中や」長尾が腕の時計を見た。「病院に戻る」

「伊原が動いたか」

「嫁から連絡がないさかい、動いてないのやろ。伊原が病院に入ってそろそろ二時間……長すぎると思わんか」

「…………」

白岩は口をつぐんだ。

おなじ病棟には山田が入院している。角野の事務所もそう遠くないはずだ。

ひろがる疑念に蓋をした。

煙草を消し、伝票を手にする。

「わいは大阪に戻る」

「わかった。動きがあれば報せる」

長尾が先に席を立った。


大阪のミナミに着いたときは陽が落ちていた。

闇を誘《いざな》うかのように、道頓堀川の水面にネオンがゆれている。

路地を右に折れ左に折れして、煉瓦色のマンションのエントランスに入った。

四階に石井組の事務所がある。表看板は『戎《えびす》興産』。堅苦しい社名はいかにも石井らしい。宗右衛門町を中心に飲食店従業員の斡旋をしている。

インターフォンを押し、モニターのレンズを見た。

《おこしやす》

元気な声がし、自動扉が開いた。

エレベーターで四階にあがる。

通路に若者が立っていた。

「兄弟はおるか」

「はい」

京都の喫茶店を出て電話したときは外出していた。

思わず苦笑が洩れた。

三年ぶりに入った部屋は何も変わっていなかった。

いまどき代紋入りの提灯を飾る組事務所もめずらしい。

石井は応接室のソファに座っていた。

着替える時間がなかったのか、黒のズボンに濃茶のジャケットを着ている。

「どこにおった」

声をかけ、白岩は石井の正面に腰をおろした。

「岸和田や」

「競輪か」

「ああ。普通のS級戦でたいしたしのぎにはならんが、商店街の常連客が行きたいと言うんで、運んでやった」

表稼業は人材派遣とイベント事業、裏稼業はノミなどの賭博。どちらも地元商店街の事業主と従業員がしのぎのタネである。

若者がお茶を運んできた。

ひと口飲んで、石井に話しかける。

「しのぎはどうや」

「あかん。どこもおなじやろ」

「その割には若い者がおるやないか」

「勝手に寄ってくる。人手不足と世間は言うが、おちこぼれの就職率は十パーセント未満よ。そのせいか、わずかばかりの小遣いでよう働く」

ことともなげに言った。

石井は一途で剛直な男である。世間の風に動じることはない。

それが安心でもあり、不安でもある。

「それより」石井が背をまるくした。「急に、何用や。兄貴が電話をくれただけでもびっくりやのに、事務所に来るというから腰がぬけそうになったわ」

「そんなタマか」

笑って言い、煙草を喫いつけた。ふかし、話しかける。

「山隆組と面倒をおこしてないか」

「はあ」

石井が顎を突きだした。

「ここの若い者がむこうの幹部と揉めたという話を聞いた」

「いつのことや」

「数日前、宗右衛門町の路上で」

「おい」石井が横をむいた。「おまえら、知っているか」

壁際に立つ二人の若者の顔が強張った。ひとりが口をひらく。

「自分です」一歩前に出る。「競馬新聞を配りに行く途中で、山隆組の吉本の乾分とぶつかって……吉本から、いまどき新聞配達かとからかわれました。かっとなったのですが、思い留まり、詫びてその場を離れました」床に正座し、両手をついた。「イモを引いて、すみませんでした」

「謝ることやない」

石井がやさしく言った。

かつて、公営競馬のノミ屋をやる連中は、開催日前日になると、顧客に競馬新聞を配っていた。菓子折りを添える連中もいたという。インターネットで出走表を閲覧できるようになってそういう風習はすくなくなったが、まだ続けているノミ屋もある。カネのやりとりと人情は別ものと考える連中である。

石井が視線を戻した。

「聞いてのとおりや。兄貴が案じることはない」

「安心した」

白岩はお茶で間を空けた。

拍子抜けというより、何とも決まりが悪い。

山隆組の高橋組長が黒崎と角野の伴として上京したことは話せない。大阪府警が特殊詐欺の容疑で高橋を的にかけていることも然りだ。筋目に反する。

石井がさぐるような目をした。

「兄貴、隠していることがあるやろ」

「ない」

「そうかな。その程度のことでここに駆けつけるとは思えんが」

「…………」

白岩は眉をひそめた。

こういう展開になるとは予想していなかった。視野がせまくなっていたか。山田とのやりとりと、伊原という人物の登場で、頭が余裕を失くしていたか。

が、悔やんでも仕方ない。そもそも先を読んで絵図を描く習慣はない。

「俺と兄貴の仲やないか。何でも話してくれ」

言われ、白岩は迷いを消した。

「さっき、京都の病院に行き、本家の会長に会うた」

石井が瞠目《どうもく》した。

「何しに行ったんや」

「呼ばれた。相談があると」

「どんな」

石井が身をのりだした。

「落ち着け」ふかし、煙草を消した。「談合を持ちかけられた。会長は引退の腹を固めたようや。で、跡目は黒崎に継がせる。ついては、わいに若頭になれと……黒崎のあとの約束手形をちらつかされた」

「舐めたおっさんや」

石井が吐き捨てるように言った。

そんな話を白岩が受けるとは露ほども思っていないのだ。

「もちろん、ことわった。会長も、わいが受けるとは思うてなかったやろ」

「どういうことや」

「跡目問題が穏便に決着するよう手は打った……既成事実をつくったわけよ」

「ふざけたまねを……この先、どうなる」

「さあ」

「呑気な」

石井があきれたように言った。

「このままではおわらんやろ。わいは、親の話を蹴った。それなりの落とし前をつけさせようとするはずや」

「まさか……破門ということはないわな」

「わからん」

「そうなったら戦争や。俺と金子で、一気にケリをつけたる」

石井が息巻いた。

顔が紅潮し、眦は閻魔大王のようにつりあがった。

「おまえら、ほかにやることがないのか」

「兄貴を七代目にする……俺ら、花房一門の悲願よ」

「気持はうれしい。けど、無茶はするな。民間の方に迷惑をかけるな」

「言われるまでもない。黒崎と角野など、弾一発で仕留めたる」

「………」

白岩は口をつぐんだ。

山田がつぎにどういう手を打つか。考えたくもない。臨機応変。心構えさえしていれば、どんな状況にも対応できる。推測は邪魔になるだけである。

石井や金子は違う。己の信念で動く。

それが心配で、山田とのやりとりを話したのだった。が、むだなようだ。

かえって心配の種が増え、心が重くなってきた。

ため息をつきそうになったとき、携帯電話が鳴った。画面を見て、耳にあてる。

「わいや」

《こちらに戻られているそうですね》

和田が早口で言った。

「誰に聞いた」

《本家の角野さんです。たったいま、電話がありました》

「事務所にか」

角野は白岩の携帯電話の番号を知らない。本家にも教えていない。

《そうです。角野さんは、至急、親分に会いたいと……時間と場所を指定してくれたら、自分のほうからでむくと言われました》

「…………」

うめき声が洩れそうになった。

これも絵図のひとつか。そう思えるほど相手の動きが早い。

腕の時計を見た。午後六時半になるところだ。

角野と飯を食う気にはなれない。酒場で話すようなことではないだろう。

「九時、東梅田の事務所に来いと伝えろ」

《承知しました》

通話が切れた。

石井が口をひらく。

「誰がくる」

「角野よ」

「なんやて」語尾がはねた。「俺も行く」

「あかん。みっともないまねはするな」

「相手は、策士の角野やで」

石井が口角泡を飛ばした。顔面はひきつっている。

「命《タマ》の取り合いになるわけやない。角野がどういう話を持ちかけるのかもわからん。

そんな場所におまえが同席すれば、わいもおまえも笑い者になる」

「笑いたいやつは笑え。俺は、後悔したくない」

「頭を冷やせ。おまえらの意志は粗末にせん。おまえらがやることも止めはせん。けど、相手の出方を見極めてからの話や」

諭すように言った。

石井の顔を見ているうち冷静さを取り戻した。

だが、石井は納得がいかないようだ。

「売られた喧嘩は買う。挑発には乗る……兄貴の信条やないか」

「わいひとりの信条や」

「俺は兄貴に命を預けとる」

「それなら言うことを聞け。聞かんのなら、預かったもの、そっくり返す」

「あほな」

石井が目をまるくした。

白岩は表情を弛めた。

「まだ時間がある。そこらのうどん屋に連れて行け」

石井が肩をおとした。ため息をつき、口をひらく。

「うどんでは口喧嘩もできん。すき焼きにしよう」

言って、石井が固定電話の受話器を持った。

心斎橋に老舗のすき焼き店がある。


料理を堪能したあと、タクシーで東梅田へむかった。

石井はすっかり観念したのか、牛肉を三人前も追加した。

途中、探偵の長尾から連絡があった。

桜慈会の理事長が車で外出するのを見て、病棟の三階にあがったという。

——医療コンサルタントの伊原は山田の部屋にいた。警護する乾分らの対応から判断して、二人は親しい関係にあるようだ——

引き続き伊原を監視する、とも言い添えた。

お初天神に寄り、柏手を打った。無事の帰還の報告である。

境内を出て、石畳を歩く。

足音が近づいてきた。

「親分」

花房組若頭の和田の顔は青白く見えた。

「なんや。拳銃でも撃ち込まれたか」

和田がぶるぶると頭をふる。

「お帰りが遅いので……」

「やつはもう来たのか」

「いいえ。親分と段取りの話をしたくて、待っていました」

「何の段取りや」

「決まっています。事と次第によっては、生きて帰しません」

和田が真顔で言った。

白岩はおおげさにうなだれた。


白のジャージの上下に着替え、応接室のソファに寛いだ。

あと十五分で午後九時になる。

コーヒーの香りをたのしみ、煙草をふかした。どちらも美味い。

「おこしやす」

玄関のほうから声がした。

応接室のドアが開く。

「角野の叔父貴がお見えです」

和田が声を張り、脇に控えた。

角野甚六が姿をあらわした。

顔を合わせるのは一年ぶり、去年十二月の事始め以来である。

頭も顎も白い。頭髪は薄くなっていた。眼光はあいかわらず鋭い。七十一歳になってもなお、己の存在を鼓舞し続けている。

その心の拠り処に興味がある。

角野が永年守り続ける事務局長の座はいわば裏方の要で、組織のてっぺんを窺う地位ではない。若頭補佐と同格ながら、若頭の座に就く確率はゼロに等しい。大所帯を裏で仕切る愉悦か、カネへの執念か。角野は一成会の金庫番ともいわれている。内閣の官房長官や与党の幹事長が抱く執着心に似ているのか。

「大阪も冷えるのう」

独り言のように言い、角野がカシミアのコートを脱いだ。

坂本が受け取る。

角野が正面に座るのを待って声をかけた。

「遠いところを、ご苦労様でした」

「なんの」角野が鷹揚に応じた。「お家の一大事や」

「何事ですか」

「とぼけなさんな。夕方、会長に呼ばれ、仔細は聞いた」

「……………」

白岩は口を結んだ。

受け身に徹すると決めている。狸の腹などさぐりたくはない。

坂本が角野の前にお茶を置き、すぐに立ち去った。和田も部屋を出ている。

角野がチャコールグレーのスーツの前釦《ボタン》をはずした。

「用件を言う。あすにでも会長に詫びを入れろ」

口調が変わった。

白岩は、角野の細い目の奥を睨んだ。

「詫びる理由は」

「親に逆らった……それだけで充分やろ」

「ことわれば、どうする」

「幹部を招集し、会議に諮る」

「好きにせえ」

「なあ、白岩」角野が顔を近づける。「おまえのためにも、花房一門のためにも、頭をさげるのが得策というものや。そう思わんか」

「あんたが描いた絵図の上で踊るつもりはない」

「…………」

角野が眉根を寄せた。姿勢を戻し、息をつく。

白岩は視線を逸らさない。

「根回しは済んだか」

「どういう意味だ」

「黒崎も高橋もうかれとるそうやないか。つまり、会長が切った約束手形を破り捨てるのも絵図どおり……あんたがここに来たのも、儀式のひとつや」

「考え過ぎだ」角野が声を張った。「すこしは己の立場をわきまえろ。関東誠和会の野村さんも怒らせたそうじゃないか」

「告げ口か……まるでガキやな。それとも、泣きつかれたか」

「ばかを言うな。おまえは極道としての筋を違《たが》えている」

「あんたが極道を語るな」

「なにっ」

角野が語尾をはねあげた。

「もう、いね。わいの言質は取ったやろ」

「どうあっても、親の意志に逆らうのか」

「どう言うてほしい」

「おまえの覚悟を訊いている」

「五十にして天命を知るや」

「おちょくっているのか」

「本音を聞きたければ教えたる」目でも凄んだ。「これ以上つまらん策を弄せば、わいがあんたの命を獲る。何も、内輪のことだけやない」

「何のことだ」

「聞くまでもないやろ」

白岩は煙草をくわえた。

こちらの手の内は見せられない。伊原の件は伏せておく。

角野が顔をゆがめた。

歯軋《はぎし》りが聞こえそうだ。

「坂本」声を発した。「お帰りや。京都までお送りせえ」

「いらん」

声を荒らげ、角野が腰をあげた。

白岩はゆっくり首をまわし、煙草に火をつけた。

★　　★

きょうもやさしい笑顔に迎えられた。

鶴谷も眦をさげた。

「理事長はいるか」

「たったいま戻りました」

「忙しいのか」

「多忙を極めています。さっきまで栄仁会の理事会でした。そのあとの昼食会はキャンセルされて……わたしもお相伴に与《あずか》る予定でした」

堀江和子が瞳を端に寄せた。

「埋め合わせは俺にまかせろ」

「たのしみです」

「午後の予定は」

「日本医師協会の会合があり、夜はパーティーに参加の予定です。それもキャンセルさせるおつもりですか」

「あいにく、俺もすこしは忙しい」

「そうですよね。お飲みものは何にしますか」

「コーヒーを」

「かしこまりました」

堀江がリモコンで扉を開けた。

本多仁は窓辺に立っていた。

そのむこうにどんよりとした雲がひろがっている。

「ゼニ儲けの算段をしていたのか」

からかい、鶴谷はソファに座った。

「そんな強欲に見えるのか」

本多が正面に腰をおろした。

「見える。が、貶してない。ある意味、尊敬する」

「ふん。ところで、火急の用とは何かね」

「訊きたいことがある」

鶴谷は煙草を喫いつけた。

「じらすな。好物の鰻を諦めて、時間を空けたのだ」

堀江がコーヒーを運んできて、無言で立ち去った。

ひと口飲んで、本多を見据える。

「医療コンサルタントの伊原裕を知っているか」

「ああ。関西の医療機器メーカーの売り込みをやっている」

「製薬会社の仕事もしていると聞いたが」

「そのようだ。が、メインは医療機器……動くカネの桁が違う。手術室に医療機材を揃えるだけで億単位のカネが必要になる。しかも、医療分野のＡＩは眠っている間にも進化しているので、最新の機材を望めば、交換のサイクルが早くなる。医師も最新の設備をほしがるから……」

「講釈はいらん」

さえぎり、ふかした煙草を消した。

「つき合いはあるか」

「何度もここを訪ねてきた」

「どんな話をした」

「機材の売り込みだよ」

本多が投げやりな口調で言った。

「伊原はどこのメーカーを扱っている」

「ミラテック……京都に本社がある。この十年で急成長した」

「購入したか」

「しない」

「伊原が気に入らないようだな。それなのに、どうして何度も会う」

「伊原は元議員の秘書だった。元議員は厚生族で、伊原は医療ブローカーに転身したあとも、民和党の厚生族議員との縁を紡いでいる」

「邪険には扱えないわけか」

「日本医師協会の会長としての立場も……伊原がどうかしたのか」

「訊いているのは俺や。伊原と面倒になったことはあるか」

「…………」

本多が眉をひそめた。

「正直に答えろ。商談でこじれたことはあるか」

「ある。ここの開業にさいし、ミラテックの医療機器を購入することも考えた。が、当時のミラテックは成長途上で、機材に全幅の信頼が置けなかった。しかも、わたしがつき合う米国企業のものより割高だった」

「気に入らんな」

「何が」

「検討しただけなら、こじれたとは言えん」

本多が口元をゆがめた。

「売買契約書に捺印する寸前だった」

「どうして反故《ほご》にした」

「反故ではない。仮契約も交わしていない。理由はさっき言ったとおり……もうひとつ、彼の背後にいる人物が気に障った」

「誰や」

「京都の桜慈会の桜井理事長だ」

鶴谷はこくりと頷いた。

けさ電話をよこした白岩の言葉が鼓膜によみがえった。

──桜慈会の桜井理事長は、伊原が仕えた元議員を支援していた。桜井はミラテックの株主でもある。そのへんを絡めて、トラブルの有無を確認しろ——

桜慈会と、一成会の山田や角野、医療コンサルタントの伊原の関係を話したあと、白岩は強い口調でそう言った。

それを受けて、急遽、本多に面談を求めたのだった。

ここにくるまでに調べたことを口にした。

「前回の、日本医師協会の理事長選挙で争った男やな」

「わたしの敵ではなかった。が、塩を送ることもあるまい」

「つまり、伊原との商談は前回の理事長選の前だったわけか」

「そうだ。石橋を叩いて渡るわたしの性格が幸いした。民間の調査会社に依頼し、伊原の身辺調査を依頼したのが吉とでた」

本多の顎があがった。が、それは一瞬のことだった。

「教えてくれ。伊原が今回の件に絡んでいるのか」

「何とも言えん」

「隠すな。わたしは依頼主なのだ」

本多の顔がけわしくなった。懇願しているようにも見える。

「どうした。伊原と会う予定でもあるのか」

「じつは、きのうの夕刻、電話があった」

「……………」

早く言え。怒鳴りそうになった。

本多が続ける。

「早急に相談したいことがあると……多忙を理由にことわったのだが、会わなければ後悔しますよと言われ……自信たっぷりなもの言いが気になって応諾した」

「身に疚しいことがあるからやろ」

「ない。が、今回の件がある。慎重を期した」

「ものは言いようや。まあ、いい。で、いつ会う」

「あすの午後一時。ここに来る」本多が顔を寄せた。「ことわろうか」

「会え。ところで、日時はむこうが指定したのか」

「わたしだ。伊原はきょうにも会いたがった。が、わたしにも予定がある」

「あんたは運が強い」

鶴谷はあかるく言った。

内心ほっとした。

アルファードに乗るなり、白岩に電話をかけた。

《わいや》

携帯電話を握り締めていたかのような声音だった。

「図星や。本多さんと伊原は因縁がある」

本多の話を詳細に教えた。

《遺恨か。けど、それだけとは思えんのう》

「だとしても、詮索をするひまはない。切るで」

《待て。待たんかい》

わめき声は無視し、通話を切った。

すかさず、木村が口をひらく。

「伊原というのは何者ですか」

「関西の医療ブローカーや」

けさの電話での白岩の話を簡潔に教えた。

話している間に木村の表情がけわしくなった。

「あすの面談の中身が気になります」

「物々交換よ。ほかは考えられん」

木村が腕の時計を見た。

「あと二十六時間……本多理事長に面談の延期を要請しなかったのですか」

「自信がないのか」

「増山の身柄確保に全力を尽くします。が、最悪の事態に備えて……」

「やめろ」

声を張った。

感情が昂ぶっている。息をつき、話を続ける。

「今回の一件、裏がありそうや」

「どういうことですか」

「西麻布の割烹に集まった連中を思いだせ。一成会の黒崎と角野、義友会の野村、弁護士の川上。伊原はそのあと、六本木のクラブで合流している」

木村が目をしばたたいた。

「一成会の二人と野村が陰謀をめぐらせたということですか」

「その可能性が高い。とくに、角野や。つぎの日、角野はひとりで新山建工の本社に足を運んでいる」

「角野が首謀者だとして、狙いは何ですか」

「ずばり、白岩や」

「えっ」

木村が奇声を発し、目をまるくした。

鶴谷は間を空けなかった。

「白岩と角野は、これまでに何度も悶着をおこしてきた」ひとつ息をつく。「一成会の会長が引退するそうや。跡目候補は二人……若頭の黒崎と若頭補佐の白岩。会長と角野は黒崎に跡目を継がせたい。が、強引にことを進めれば、一大勢力の花房一門の反発を招き、組織が分裂しかねない」

「戦争がおきるのですか」

「花房一門には武闘派が揃っている。で、会長は白岩と差しの話をした。きのうのことや。その場で、会長は、黒崎会長、白岩若頭の腹案を示した。暗に、黒崎のあとの会長の座もにおわせたそうな」

「白岩さんは、蹴ったのですね」

「ああ。やつは策を弄するのを好まん。それに、ああ見えても、白岩は花房一門の期待を一身に背負っている」

木村の目が泳いだ。ややあって口をひらく。

「一成会の内紛はわかりました。が、それと今回の案件がどうつながるのですか」

「わからん」

そっけなく返した。

推測の上塗りをする気にはなれない。わかっているのは角野が策士で、白岩の存在を煙たがっていることだ。

そのことよりも、白岩のほうが気になる。

白岩も自分とおなじ推察をしているのではないか。だとすれば、白岩は動く。

それだけは何としても止めたい。

「疑問があります」

「何や」

「栄仁会と面倒をおこせば鶴谷さんが登場すると、わかっていたのでしょうか」

「東京に来て最初の二、三年は本多さんの仲介で仕事をしていた。俺と本多さんの仲を知る者はすくなくない」

「本多理事長から鶴谷さん……そして、白岩さん」木村が背筋を伸ばした。「わかりました。何としても、増山の身柄を押さえます」

「頼む」

「はい。怒鳴られるのを覚悟で質問します。身柄の確保が間に合わなかった場合、どう対応するのですか」

「それでも面談の延期は要請せん。すれば、伊原に加担する形で、角野や野村がでしゃばってくる。連中が動けば、白岩も動く……自明の理や」

木村がこくりと頷いた。

空唾をのんだようにも見えた。

鶴谷は言葉をたした。

「ただし、むこうも時間をかけたくないやろ。俺の要請をふりきって、増山の娘や息子が警察に行方不明者届を提出すれば元も子もなくなる」

そうなれば、鶴谷は撤退を余儀なくされる。

警察の介入は仕事の失敗を意味する。ましてや、前回のことがある。依頼はこなくなり、捌き屋稼業を畳むしかなくなる。

木村が携帯電話を手にする。

鶴谷は運転手に声をかけた。

「白金に行ってくれ」

部屋は暖房が効いていた。

鶴谷は、ジャケットをソファに掛け、サンルームのドアを開けた。

菜衣が籐椅子にもたれていた。

その姿を見るのは慣れた。いつのころからか菜衣は昼間に入ってきて、鯉を眺めるようになった。鶴谷の入院中は毎日、鯉と無言の会話をしていたという。

「ひまなのか」

「そうね」

菜衣が前を向いたまま言った。

鶴谷は壁にもたれ、菜衣の横顔を見つめた。

菜衣のくちびるが動く。

「ツルといると心が和む。喋らなくても心が通じ合うから」

独り言のように聞こえた。

二年ほど前から、菜衣は名無しの鯉をツルと呼ぶようになった。

「客商売に疲れたか」

ゆっくり首をふり、菜衣が顔をむけた。

「そのときはお店を畳む。迷えば、退く……康ちゃんの信条でしょう」

「俺は……」

鶴谷は言葉を切った。

失うものが何もない。そう言いかけた。

菜衣の目の光が強くなった。

「おまえに責任を負えない。おまえを背負って生きる自信がない……憶えている。康ちゃんの別れ言葉だった」

「…………」

もちろん、憶えている。

本音の吐露であった。菜衣に惚れれば惚れるほど、自分に自信を失くした。菜衣が自分の店を持つと言わなければ、どんなにむりをしても二人で生きたかもしれない。菜衣と菜衣の城を護る自信も勇気も持てなかった。

捌き屋として東京で生きる覚悟が強くなるにつれ、心は脆弱になった。ベッドに横たわるたび、両親と義父のことが夢にでてきた。

「康ちゃん」

呼ばれ、逸らしていた視線を戻した。

「気にしないで。わたしもおなじ……康ちゃんの心の疵を癒せる自信がなかった。そう心がけても、お店のこと、康ちゃんの仕事のことで一杯になり、あなたをつつめるほどの、心のひろさは持てなかったと思う」

「………」

身体の芯が疼きだした。

男と女の縁を断ってから、初めてあなたと言われた。

菜衣が立ちあがった。

「お仕事、大詰めを迎えたみたいね」

「あと一日の勝負や」

「今回は出番がなくてつまらなかった……ツルに愚痴をこぼしていたの」

「今夜は帰らん。ひと晩中、ぼやいていろ」

「そうする」

菜衣の声音が戻った。

鶴谷はサンルームを出た。

午後一時に約束がある。その前に、菜衣と話がしたくなって帰宅した。

他愛ない言葉のやりとりが心を落ち着かせる。思いもよらぬ話題になったが、それでも精神が乱れることはなかった。

弁護士の川上は応接室のソファに座っていた。

手元に新聞がある。待ち構えていた様子は窺えなかった。

鶴谷は無言で正面に座した。

川上が視線を合わせた。顔にうっすら笑みをうかべている。

「きょうは、どのようなご用件ですか」

「増山安治の所在を知りたい」

「………」

きょとんとしたあと、表情を崩した。前歯がこぼれ落ちそうになる。

「おかしいか」

「それはそうでしょう。わたしは、増山氏の代理人ですよ。依頼主を守るべき立場の者に言う台詞ではない」

「増山は誘拐、拉致された恐れがある」

「いい加減なことを……切羽詰まって、頭が変になったのですか」

「二日前の夜、品川の某ホテルで、増山が二人連れの男にむりやり車に乗せられた。複数の目撃証言がある」

「何かの間違いでしょう」

「いまも、増山と連絡がとれているのか」

「お答えできません」

川上が平然と言い放った。

自分は安全な場所にいると高を括っているのか。

事務員がお茶を運んできた。

川上がそれを飲む間に、煙草を喫いつけた。ふかし、話を続ける。

「二人組の素性が知れた。三人を乗せ、逃走した車も特定した」

ほんとうのことである。

ここにくる車中で、木村から報告を受けた。


アルファードに乗るなり、木村が話しかけた。

「逃走した黒いミニバンはＫＲネットが所有するものでした」

「過去形か」

「増山を連れ去る二日前、警察に盗難届がだされていました」

「乗っていた連中の素性は知れたか」

「はい。Nシステムの映像が、運転席の男と、後部座席のひとりの男の顔を捉えていました。後部座席のひとりは梅木組の庄司航、運転していたのは準構成員の又場……又場は中西のダチです」

庄司は恐喝および傷害、又場は覚せい剤取締法違反の罪で前科があるという。

「ミニバンはどこや」

「捜索中です。あのあと、大崎あたりでNシステムから消えました」

「よくやった」

ねぎらいの言葉がでた。想定外の朗報である。

「時間にかぎりがあります。警察の力を……」

鶴谷は首をふってさえぎった。

「職務で規律どおりに動く警察官におまえ以上のことがやれるとは思えん」

「わかりました。現在、調査員を総動員し、庄司と又場、および中西の所在を確認中です。見つけ次第、三人の身柄を押さえます」

「監視だけでいい。あとは俺がやる」

頷き、木村が携帯電話を手にした。

川上の表情が曇った。

鶴谷は畳みかける。

「何者か、教えてほしいか」

「聞いても……わたしには関係ないことだ」

「そうかい」煙草で間を空ける。「あんた、東和地所の顧問をしていたそうやな」

「それがどうした」

「東和地所があんたを訴えるそうや」

「何だと」

川上が血相を変えた。

「身に覚えがあるやろ」

「何のことだ」

「五年前の案件よ。東和地所は、義友会の野村を恐喝罪で告訴する。裏で野村と手を組んだあんたは共同正犯や」

昨夜、東和地所の杉江と電話で話をした。

居住権を盾にごねた者は野村に威され、立ち退きに同意すれば土地の売買契約が完了したあと、立ち退き料とは別に三百万円を渡すと告げられた。飴と鞭である。が、いつまで経ってもカネは届かなかった。当事者はだまされたと知ったが、やくざの報復を恐れて口をつぐんだという。

東和地所から三千万円の現金を受け取った野村は、その夜、川上と会食していた。翌日、川上は自分の口座に一千万円を預けた。東和地所が告訴し、裁判になればそのカネの出処も追及される。

川上の顔がゆがんだ。

鶴谷は言葉をたした。

「悪さをするときは過去をふり返れ」

「はあ」

「恐喝罪の時効は七年……あらたな悪さをするには早すぎた」

「心外だ」川上が唾を飛ばした。「わたしは、共謀などしていない」

「法廷で訴えろ。それとも、名誉毀損で逆告訴するか」

「…………」

川上の頰がふるえだした。

鶴谷は目をつむり、ゆっくり首をまわした。

「何が、狙いだ」

声もふるえた。

「自分で考えろ。どんな判決になろうと、弁護士と暴力団組長の関係は白日の下にさらされる。下手をすれば弁護士資格が剥奪される」

鶴谷は煙草を消し、腰をあげた。

「待て」

「待ってやるとも。ただし、六時間後……午後七時がリミットや」

「要望を言え」

「増山をこちらに渡せ」

言って、鶴谷はソファを離れた。


川上のオフィスを出て、路肩に停まるアルファードに戻った。

木村が口をひらく。

「東和地所は告訴するのですか」

鶴谷と川上の会話を盗聴していたのだ。

「準備は頼んだ。が、告訴はせん」

木村が頷く。

野村と川上を告訴したところで、仕事が前に進むわけではない。タイムリミットは刻々と迫っているのだ。

「増山を渡すでしょうか」

「それはない」きっぱり答えた。「川上は増山の居場所を知らんやろ。俺の話を野村に報告するはずや。おそらく、野村は俺の要望を蹴る」

話しているうち、木村が耳のイヤフォンにふれた。

「川上がでかけるようです。尾けますか」

「ああ」

ほどなく、川上がオフィスビルから出てきて、タクシーに乗った。

アルファードがあとを追う。

木村に声をかけた。

「途中で交替しろ。この車は気づかれているかもしれん」

木村が携帯電話で指示をだしたあと、視線を戻した。

「狙いを教えてください」

「牽制よ。敵の数を減らしたい。俺の推察どおり、一成会の角野が今回の絵図を描いたとすれば、野村は、俺との遺恨だけで陰謀に加担したと思う。それなら、増山を渡すのを拒んでも、腰は引ける。カネ儲けに熱心なやくざなんてそんなものよ。渡世の義理と我が身……天秤にかければ、答えは見えてくる」

木村が肩をすぼめた。

あけすけなもの言いに返す言葉を失くしたようだ。

鶴谷は続けた。

「角野の狙いがどうであれ、矢面に立っているのは俺や。俺の稼業や」

「しかし……白岩さんは、あの気性です。おとなしくしているでしょうか」

「それよ」声を強めた。「角野の思惑を知れば、白岩は、後先見ずに暴走する。それこそ、角野の思う壺に嵌《は》まる」

「一成会の内紛、警察の介入……白岩さんも無傷では済みませんね」

「だから、本多さんと伊原が面会するときが勝負になる。こっちが増山の身柄を確保した時点で決着がつく」

「それで角野は手を引きますか」

「白岩によれば、角野は策士……寝業師ともいわれているそうや。打倒白岩にむけてあらたな策を練るやろ」

「…………」

木村が目をぱちくりさせた。

「伊原が上京すること、白岩に話してないやろな」

「もちろんです」

木村が顔の前で手をふった。

自分を信用していないのですか。

そう反論する余裕もないような顔になった。

★　　★

曾根崎にあるお初天神通り商店街の喫茶店に入り、店内を見渡した。

奥の席にいる女が立ちあがり、うっすら笑みを投げかけた。

白のハイネックシャツにダークグレーのパンツスーツ。歳は三十代半ばか。薄化粧の丸顔にはショートヘアが似合っている。

白岩は女の席にむかった。

「白岩さんですね」女が言う。「長尾の妻の、直美です」

白岩は女の手元を見た。

左手の薬指にプラチナの指輪が嵌めてある。

気づいたのか、直美の右手が左手にかさなった。

座ってウェートレスにブレンドを注文し、直美と目を合わせた。

——これからお会いできますか——

電話の声からは緊張の気配が伝わってきた。長尾ではなく、妻が連絡してきたことに戸惑いながらも二つ返事で応諾し、事務所近くの喫茶店を指定したのだった。

「長尾はどうした。伊原の見張りか」

「伊原は長尾の仲間が監視中です。長尾は病院にいます」

「何があった」

「昨夜、二人組に襲われました。でも、ご心配なく。頭部と左腕を殴られて……救急指定病院の診察では打撲だろうとのことでした。意識がはっきりしており、本人はその必要はないと言い張ったのですが、医師と相談して、検査入院させました。いまごろ、ＭＲＩ検査を受けていると思います」

「どこの病院や」

「済生会病院です。検査が済み次第、仕事に復帰します」

「…………」

白岩は顔をしかめた。

悪い予感ほどよく的中する。助手を務める女房を案じてのことだったが、新妻に不運が訪れたことに変わりはない。

ウェートレスがコーヒーを運んできた。

そのままにして、白岩は話を続けた。

「誰に襲われた」

「二人とも黒っぽい服を着て、目出し帽を被っていました」

「あんたもいたのか」

「長尾から電話があって……そとでご飯を食べる約束をしたので、帰ってくる時間を見計らい、家の前で待っていました。長尾が車から降りたとき、二人組が路地から飛びだしてきて、鉄パイプのようなもので殴りかかったのです」

「あんたは大丈夫だったのか」

「はい。もっと早く気づけば長尾に怪我をさせることはなかったのですが」

直美が悔しそうな表情を見せた。

それで、幾分か気持が楽になった。

——俺より腕が立つ。合気道の有段者や。逃げ足も速い——

長尾の言葉は真に受けてよさそうだ。

直美が言葉をたした。

「長尾には思いあたるふしがあるようです」

「言うてみい」

「きのう、京都の桜慈病院の三階で、顔見知りの男と目が合ったそうです」

「一成会の会長の警護をしていたやつか」

早口になった。

「長尾は山隆組の身内だったと」

「…………」

白岩は奥歯を嚙んだ。

血が滾《たぎ》りだしている。腰がうきかけた。

「白岩さん」直美が顔を寄せた。「長尾の伝言を言います。くれぐれも報復はしないようにと……二人組の素性がわかれば、あなたからの仕事が片付いたあと、警察に協力する形で落とし前をつけるそうです」

白岩は顎を引いた。

長尾は大阪府警察本部の捜査に絡めるつもりなのだ。そんなことよりも、平然として〈落とし前〉と口にする直美の気風におどろいた。泥を飲んで生きてきたか。長尾と生き抜く覚悟が備わっているのか。

ふいに思いついたことが声になる。

「長尾はどういう男や」

直美が頬を弛めた。

「ご存知のとおり、無骨で、愛想のかけらもありません」目元も弛んだ。「でも、わたしにはかけがえのない人です。一生ものの恩も受けました」

「ほう。よければ、教えてくれ」

直美がはにかむように目を伏せた。ややあって、視線をあげる。

「わたし、覚醒剤中毒でした。元彼に誘われ、止められなくなって……元彼が刑務所に入っている間のことでした。長尾が家に来て、わたしを見張りました。覚醒剤を止めさせようとしたのです。二十四時間、わたしから離れず、禁断症状がひどいときはわたしを縛りつけて……何日も、何週間も……苦しかった」

「そのあいだ、長尾は仕事を休んだのか」

直美が首をふる。

黒い瞳が潤んだ。

「あとでわかったのですが、長尾は辞職してから家に来たそうです」

「なんと」

それほど直美に惚れていたということか。

推測がひろがる前に、直美の声がした。

「あの人、あほなんです。それに、臆病で……禁断症状がすっかり消えたあと、わたしは長尾を城崎《きのさき》温泉に連れて行き、押し倒しました」

「…………」

あんぐりしたあと、吹きだした。

そのときの様子があざやかに目にうかんだ。


花房組事務所に好子が来ていた。

応接室の床に膝をつき、右手に剪定鋏を持っている。

ぷちっと音がし、小枝がおちた。

まわりに緑色の葉がひろがると、後ろ姿の好子が花に見えてきた。

「来ていたのか」

白岩の声に、好子がふりむく。

「あしたの予定だったけど、すてきな花が手に入って」

身体の向きを変え、好子が左手をかざした。

紅白まじった椿の花がこちらをむいた。

じっと見つめるのが恥ずかしくなるほど、凛としている。

「ほら、こっちも」

鋏を置き、右手もかざした。

澄んだ赤い椿である。

「見事や」

白岩はため息を洩らした。

二輪の椿の花にはさまれた好子の顔は輝いていた。

サイドテーブルに置かれた備前焼の器に花を活け、好子が片付けを始める。

「お茶を飲んで帰れ」

「そうします」

笑顔で答え、好子がソファに浅く腰をかけた。

髪を束ねていたゴムをはずした。黒髪がひろがり、白い肌をきわだたせる。

「ご苦労さまです」

声を発し、坂本があらわれた。

会話を聞いていたのか、漆塗りの盆に湯呑茶碗が載っている。

好子がお茶を飲み、そっと息をついた。

安堵したようにも見え、白岩は声をかけた。

「どうした」

「ここに来たとき、空気が固く感じたの。和田さん、笑顔で迎えてくれたけど、なんだか、ぎこちなく感じて」

「気のせいよ」

「そうね」

好子があかるく返した。

気を遣ったのだ。好子が自分と花房を案じているのはわかっている。

玄関のほうから足音がし、金子が入ってきた。

「好子さん、ひさしぶりやのう。あいかわらず、きれいや」

「口が腫れますよ」

笑って言い、好子が腰をあげた。

「わたしは失礼します。どうぞ、ごゆっくり」

言葉をたし、長方形のバッグを手に好子が立ち去った。

金子が好子のあとに座る。

好子と入れ違いに和田も入ってきた。顔が憂鬱な地蔵のようだ。

和田が座るのを待って、金子を見据えた。

「何しに来た」

「そんな言い方はないやろ」いきなり食ってかかる。「幹部が緊急招集されるそうやないか。議題は何や」

「わいの処分や」

白岩はさらりと返した。

昼前、事務所に本部の事務局長代理から電話があり、明後日の午後二時から幹部会議を行なうと通達された。代理人の参加は認められないとも言い添えた。

毎月七日に開かれる一成会の幹部会議には会長以下、若頭と二名の若頭補佐、事務局長および、各催事を担当する若衆三名の、計八人が参加する。

だが、今回の会議に幹部若衆は招集しないという。

その理由は想像するまでもなかった。金子と石井を排除するためである。そうなれば花房一門は白岩ひとり。多勢に無勢。白岩は四面楚歌の状況になる。

「やはり、そうか」金子が顔をゆがめた。「石井の兄弟に聞いたが、きのう、角野がここに来たそうやな」

「わいが会長に呼ばれたことも聞いたか」

「ああ。聞いて、涙がでた。俺は、兄貴に惚れ直した」

「あほか」

「あほで上等。角野はどんな難題を持ちかけた」

「会長に詫びを入れろと……茶番よ。やつは十分で帰った」

金子が横をむく。和田が頷くのを見て、視線を戻した。

「あさっての幹部会議も角野の絵図どおりというわけか」

「おそらく」

「よし」金子が声を張った。「これから石井と本家に行き、談判する」

「何を」

「兄貴がひとりで参加すれば、皆につるしあげられる。そんなまねはさせん。俺や石井を加えた通常の幹部会議を開くよう求める」

「むだなことや。どうせ、会議を開く直前まで、黒崎は姿を隠す」

会議の招集は会長もしくは若頭の専権事項である。

「それなら、京都の病院にでむく」

「会うわけがない」

おざなりに言った。

こういう話はしたくない。お茶を飲み、煙草を喫いつける。

「兄貴」

金子の声に、視線を戻した。

「処分されたら、受けるのか。それとも、盃を割るか」

「そのとき、その場で決断する」

「臨機応変か。それもええけど、今回ばかりは辛抱してくれ」

「どう」

「絶縁はあかんけど、破門なら受け入れてくれ。頼む、このとおりや」

金子が姿勢を正し、深々と頭をさげた。

「やめんかい」

白岩は怒声を発した。

金子の胸の内は透けて見える。

白岩を蚊帳の外に置く。その上で、角野に攻撃を仕掛ける。それなら、金子と石井は処分されても白岩には累が及ばない。石井と知恵を絞ったか。

白岩は視線をふった。

二輪の椿がくすんで見えた。

――あの人、あほなんです――

直美の顔がうかんで、花にかさなった。

煙草をふかして消したとき、ポケットの携帯電話がふるえた。手に取り、画面を見る。〈長尾直美〉とある。

「わいや」

《長尾です。たったいま、連絡がありました。伊原が新幹線に乗るようです》

「ひとりか」

《はい。京都駅で東京行きのチケットを購入しました。尾行は継続ですか》

「新幹線に乗るのを確認したら、任務完了や」

《承知しました》

「旦那はどうや」

《はい。検査の結果、異常がないそうです》

「なにより。しばらく静養するよう、伝えてくれ」

《言うことは聞かないと思います》

どいつもこいつも。声になりかけた。

「わいも東京に行く。帰ってくるまで英気を養え」

返事を聞かずに通話を切った。

金子が身を乗りだした。

「兄貴、東京に行くんか」

「急用や。おまえは家に帰って、頭を冷やせ」

「…………」

金子が目を白黒させた。

和田が口をひらく。

「自分は引き止めません。が、あさっての会議はどうされるのですか」

「白紙や」

「それは、だめです」強い声で言い、和田が目を据えた。「親分が欠席すれば、イモを引いたと……角野らは言いふらすでしょう」

「好きにさせておけ」

「そうはいきません。自分にも我慢の限界があります」

「そのときは遠慮するな。わいとの盃を割れ」

言い置き、席を立った。

「坂本。でかける」

「はい」

甲高い声が部屋に響いた。

★　　★

「すぐに折り返す」

通話を切り、運転手に車を停めるよう声をかけた。

麻布十番の坂の途中でタクシーを降りる。急な勾配を百メートルほど登った先に有栖川宮記念公園がある。

スマートフォンを耳にあてた。

「鶴谷や」

《相手にされなかった》

弁護士の川上が消え入りそうな声で言った。

川上の行動は把握している。

鶴谷と面談したあと、川上はタクシーを利用し、品川にあるKRネットのオフィスを訪ねた。滞在時間は約一時間。オフィスから出てきた川上の表情は沈んでいたそうだ。品川駅の近くの喫茶店に三十分ほどいたあと、ふたたびタクシーに乗った。午後五時過ぎ、赤坂の『ANAインターコンチネンタルホテル東京』に入った。中二階のラウンジで義友会の野村と向き合った。調査員によれば、ラウンジの周辺で野村を警護する者らが目を光らせていたため、席には近づけなかったという。

「どんな話をした」

《あなたの提案を伝えた。が、鼻で笑われた》

予想どおりである。

「増山の居所は知れたか」

《わからない。努力はした……が、誰も知らないようだった》

苦笑が洩れそうになった。

日本語が間違っている。誰も教えなかったのだ。

「で、あんたはどうする。法廷で争うか」

《それも選択肢のひとつ……その前に教えてほしい。告訴が受理され、裁判を維持で

きるだけの物証はあるのか》
「あんた、東和地所に信頼されていたと思うか」
《どういう意味だ》
「野村が登場して、東和地所はあんたを疑った。調査会社に依頼し、あんたの監視と身辺調査を行なったそうや。その調査内容は推して知るべし……東和地所はあんたとの顧問契約の更新をしなかった」
《………》
ため息が届いた。
「当時の調査報告書の補充調査も終了した。あんたの口座の記録も精査済みよ」
《調査をしたのに、なぜ、野村さんにカネを支払った》
「面倒を避けたのやろ。あんたを介してのことやが、東和地所が暴力団を使ってトラブルの解決を図ったのは事実……それだけでも行政処分は免れない」
《それを……いまごろになって》
「良心に目覚めた」
取って付けたように言った。
川上は何も言わなかった。戦意は喪失したようである。

「返答せえ」語気を強めた。「あんたは、どうする」
《頼む……告訴は勘弁してほしい》
「虫が良すぎる」
《わかっている。そちらの条件を聞きたい》
「野村の思惑よ。どうして増山に目をつけ、増山を隠したか。西麻布の割烹で、一成会の幹部らとどういう話をしたか。洗いざらい喋ることや」
《そんなことをすれば……》
「いまさら言うな。きょう、野村に会うた時点で、あんたは邪魔者になった。野村は見切りをつけた。知り過ぎた者を野放しにすると思うか」
《…………》
「俺に協力すれば、あんたの身の安全は保証する」
《できるのか》
聞き取れないほどの声だった。
「自分で判断せえ。あした、連絡する」
鶴谷は通話を切った。
坂の頂上に着いた。息があがっている。

視線をふった先、花房組東京支部の事務所のあるマンションが見える。

白岩はトレンチコートを着たままソファに座っていた。

鶴谷は、ブルゾンを脱ぎながら声をかけた。

「いま着いたのか」

「ああ。伊原はどうした。本多さんの部屋に乗り込んだか」

白岩が怒ったように言った。

笑って返すしかない。ソファに座り、煙草をくわえた。

「永田町のキャピトルホテル東急にチェックインした」

木村から報告があった。

――伊原がそっちへむかった。京都発三時五分、のぞみの八号車や――

白岩の報告を受け、木村に伊原の監視を指示した。

「のんびり煙草を喫うてる場合か。行くぞ」

「はあ」

「はあやない。これから伊原を攫う」

「あほなことをぬかすな。伊原が本多さんに接触するとの情報があるのか」

「ほかは考えられん」

「頭を冷やせ」鶴谷は煙草をふかした。「伊原には監視をつけた。この先、やつがどう動くか、見極めてから対処する」

鶴谷は努めて冷静を装った。

この場はうそをつきとおすしかない。

あすの一時に本多と伊原が面談することを教えれば、白岩はそれを阻止しようとする。「伊原を攫う」。白岩の声には強い意志がにじんでいた。

そんなことはさせられない。白岩は大阪で難題をかかえている。東京で白岩が身動き取れない状況になれば、一生悔いが残る。それでなくても、白岩の頰の傷と心の疵を胸に刻んで生きているのだ。

それに、白岩にしては短絡的な気がする。

ふとうかんだことが声になる。

「光義、何をあせっている」

「ん」

白岩が眉根を寄せたあと、ソファにもたれた。

鶴谷は畳みかけた。

「大阪で何がおきている」

白岩がひとつ息をついた。

「わいは、処分されるかもしれん」

鶴谷は目を見開いた。

「何をしでかした。角野を痛めつけたか」

「会長との悶着は電話で話したとおり……それを受けて、きのう、角野が東梅田の事務所を訪ねてきた」

「…………」

胸が痛くなってきた。鶴谷は目で先をうながした。

「会長に詫びを入れろと……それも蹴った。きょうの昼前、本家の事務局から、明後日、緊急の幹部会議を開くと通達があった」

「議題はおまえの処分か」

「それしかない」白岩の眼光が増した。「すべては筋書きどおりよ」

「角野が描いた絵図か」

「野郎は絵図を描くしか能がない。会長と結託し、わいに因果をふくめようとした。わいがことわるのは承知の上よ。つぎに、わいと会い、詫びるよう求めた」

「それを拒むのもわかっていた……角野は、おまえが破門か絶縁の処分を受けるように策を練った……そういうことか」

「うっとうしい野郎よ」

白岩が吐き捨てるように言った。

鶴谷は首をひねった。別の疑念がめばえた。

「こっちのトラブルも角野の絵図として、狙いは何やと思う」

「ひとつは、カネやな。最新の医療機器には億単位の値がつくそうな。もうひとつ、わいを東京に留め置く……野村と面倒をおこせば、わいが傷つくかもしれん。警察の世話になることも考えられる」

「二重の罠……そこまでやるか」

「何でもありや」

白岩が薄く笑った。

「おまえはこのまま大阪に帰れ。みすみす罠に嵌まることはない。こっちは俺ひとりでやれる。角野の思惑は関係ない。俺の稼業や」

「道筋は付いたんか」

「増山の身柄を押さえる」

増山が高輪のホテルから連れ去られたことは話してある。

「できるのか」

「やる」

「首尾よく増山の身柄を確保したとしても、義友会が黙ってへん」

「その心配はいらん。弁護士の川上を懐柔できそうや」

鶴谷は、これまでの経緯を教え、電話での川上とのやりとりを話した。

聞きおえ、白岩が頷いた。

六本木のクラブ『ＮＥＯ』で対峙したとき、白岩は野村の気性を見切った。

そう感じるほど、納得の表情に見えた。

「わかったら、帰れ。会議に備えろ」

「そう邪険にするな」

言って、白岩がトレンチコートを脱いだ。

待っていたかのように、キッチンから若者があらわれた。

「何か、飲まれますか」

「ボトルを持ってこい」

鶴谷は眉をひそめた。

飲んでいるひまはない。それでなくても、白岩を遠ざけたいのだ。

スマートフォンが鳴りだした。

ブルゾンから取りだし、画面を見る。木村からだ。

「どうした」

《中西があらわれそうです》

「どこや」

《協力者から連絡があり、五反田にむかっています》

「俺も行く。やつを見つけても手をだすな」

早口で言い、通話を切る。

白岩の目がおおきくなっていた。

「何があった。わいも行く」

「邪魔や。面倒をひろげるな」

鶴谷は、逃げるようにして部屋を飛びだした。


左前方に赤、青、黄色のネオンが見える。

色とりどりのピンサロ嬢が在籍しているということか。男らの快楽と欲情を煽り立てる配色とは思えない。

鶴谷は、タクシーを降り、アルファードに乗った。

木村に話しかける。

「協力者とは誰や」

「中西が入れ込んでいるピンサロ嬢です。高田馬場の専門学校に通っています。きょうの昼間に学校の近くで声をかけ、中西を誘うよう頼みました」

「同伴か」

時刻は午後七時になるところだ。

「いいえ。女のメールに、中西は九時までには店に行くと返信してきました。夕方にもメールをよこし、約束は守れと念を押しています」

「何の約束や」

「アフターです」

店での勤務がおわったあと客と飲食することである。

木村がコーヒーを淹れてくれた。

口をつけ、煙草を喫いつける。

「店に入る前に中西を攫う」

「準備は完了です。念のため、近くに別の車を待機させています」

「梅木組の庄司と、又場の捜索に進展はあったか」

「いいえ」木村の表情が曇った。「二人の人脈を洗っていますが、誰とも接触していませんん。逃走に使った黒のミニバンも未だ見つかりません」

「へこむな。二人とも増山のそばにおるということや」

「ええ」

声に力がなかった。

鶴谷は窓外に目をむけた。

かたわらを二人の女が通り過ぎる。二十歳そこそこか。ポニーテールの小柄なほうはジーンズに黄色のパーカー。寒そうに背をまるめていた。ショートヘアの長身の女はミニスカートに厚手のセーター。何がたのしいのか、白い歯を見せていた。

後方から来たタクシーがアルファードを追い越し、前方で停まった。

身構えるまでもなかった。

降りてきたのは女である。四十年輩か。ダウンのコートを着ている。

「おはよう」

若い二人の女に声をかけ、ネオンの下に消えた。

「白岩さんは大丈夫ですか」

木村の声に、視線を戻した。

「麻布十番におる」

「来ているのですか」

「伊原を追ってきた。迷惑な話や」

ぞんざいに言った。

木村が苦笑をうかべた。

「こっちは俺にまかせて帰るよう言うたが、どうなることやら」

「伊原の宿泊先を教えましたか」

「ああ。が、白岩はあほやない。伊原をどつくようなまねはせん」

曖昧なもの言いに終始している。

白岩が大阪で窮地に立たされていることを教えれば、木村の感情がゆれる。何としてもという気持が強くなり、仕事に影響しかねない。それでなくとも、木村の顔からは焦燥の気配が窺える。

それでも、気休めの言葉はかけない。檄を飛ばすつもりもない。

木村の部下もふくめ、仲間を信じている。

何本の煙草を消したか。

午後八時を過ぎた。その間に、木村は何度も部下とメールでやりとりしていた。

《あらわれました》

無線のスピーカーから男の声がした。

周囲に調査員を配しているようだ。

《アルファードの五十メートル後方、駅の方から歩いてきます》

「ひとりか」

木村が訊いた。

《はい。周囲にあやしい人物はいません》

「実行する」

《了解です》

交信がおわった。

鶴谷はドアハンドルに手をかけた。

「横に来たら、引っ張り込む」

「どこへ行きますか」

「そこらを走れ」

言って、窓のそとを見た。

ブルゾンのポケットに両手を隠した男が近づいてくる。

中西だ。薄闇でもわかる。

ドアを開けた。

中西の足が止まった。目の玉が飛びだしそうだ。

鶴谷は右の拳を伸ばした。顔面を捉える。中西の身体がゆれた。さっと中西の背後にまわり、左腕で首を絞めた。

「騒ぐな。車に乗れ」

中西は抗わなかった。

車が発進する。

「何しやがる」

中西の声はうわずっていた。

「増山の居場所を言え」

「知らん」

そっぽをむく顔を殴りつけた。

くちびるが切れ、血が滴る。顔面は壊れた信号機のようになった。

「又場という男を知っているか」

「ああ」

ふてくされたもの言いは変わらない。

ブルゾンの襟を摑み、引き寄せる。

中西が身を縮めた。

「どこにいる」

「知らない……ほんとうだ」

鶴谷は手を放し、ブルゾンのポケットをさぐった。

中西のスマートフォンをテーブルに置く。

「やつの電話番号を言え」

中西の瞳がゆれた。ややあって、スマートフォンの画面にふれた。

「これ」

「やつのケータイはスマホか、ガラケーか」

「スマホだ」

「かけろ。どこにいるか、訊け。番号が間違っていたら、海に沈める」

中西の指がふるえた。教えたのとは違う番号にかけた。

鶴谷は手を伸ばして〈スピーカー〉を押し、木村に目配せした。

発信音が鳴る。相手の携帯電話は通話できる状態にあるようだ。五、六回鳴ったところでつながった。

《はい》

こもったような声がした。

「俺……中西。どこにいる」

《言えん。用か》

「会って話す」

《いまはむりなんだ……》

通話が切れた。

中西が顔をあげた。眉が八の字を描いている。

木村が声を発した。

「位置情報がとれました。大井のあたりです。むこうが電源を切らなければ、もっと範囲を狭められます」

頷き、鶴谷は中西に声をかける。

「大井の周辺で思いあたる場所はあるか」

　中西が目をそらした。

　頭髪を摑んだ。中西が身体を捩《よじ》る。かまわず、拳を伸ばす。鈍い音がした。中西がうめき、目を剝く。前歯が欠けた。

「質問に答えろ。これがラストチャンスや」

「倉庫……」

　蚊の鳴くような声で言った。

「鶴谷さん」木村が声を張った。「大井ふ頭に新山建工の倉庫があります」

「行け」

　命じ、中西に目をむける。

「おまえは行ったことがあるんやな」

「深夜に……梅木さんのお伴で」

「何しに行った。誰かに焼きを入れたか、覚醒剤《シャブ》の取引か」

　中西がぶるぶると頭をふる。

「勘弁してください。殺されます」

　こんどは泣きだしそうな顔になった。

「どんな倉庫や」

「資材置き場……建築用の機材も」

「オフィスは」

「ないです」

「警備員はおるやろ」

「わかりません。夜は警備員がふ頭を巡回しているとか……」

鶴谷はシートにもたれた。

「こいつを縛り、猿ぐつわをかませ」

木村に言い、煙草をくわえた。

アルファードは速度をあげている。

紫煙を吐き、スマートフォンを手にした。

白岩の携帯電話はつながらなかった。花房組東京支部の固定電話にもかけたが、発信音が鳴るだけだった。

どこや。何をしている。

鶴谷は、窓のそとの闇にむかって話しかけた。

岸壁は外灯に淡く照らされ、オレンジ色に濡れているようだった。

アルファードがゆっくりと倉庫群に近づいてゆく。

「停めてくれ」

運転手に声をかけ、木村が前方を指さした。

「奥から三番目の倉庫です」

「入口はわかるか」

「正面に二枚のシャッター。どちらもトラックが入れるおおきさです。その脇と、左の側壁にもドアがあります」

「ドアを開けられるか」

「複雑な鍵でなければ……調査員は皆、ピッキングができます」

「行こう」

「待ってください。調査員が倉庫の周辺と警備員の動きを調べています」

鶴谷はウィンドーを降ろした。

汐の香がする。

遠くの橋梁灯や航海灯が黒い海に映え、波間にきらめいている。

精神もゆれそうになり、視線をあげた。

月は見えない。航空灯か。ちいさな光が動いている。

「わたしだ」

木村の声に顔をふった。

耳にイヤフォンを挿している。

短いやりとりのあと、視線をむけた。

「野村は六本木のＮＥＯにいます」

「まだ監視していたのか」

「ええ。梅木も……ですが、梅木の所在は確認できていません」

木村の声に不安の気配がまじった。

「この期に及んで、あれこれ心配しても始まらん」

「それはそうですが……」

木村が語尾を沈めた。

考えていることはわかる。

だが、迷えばしくじる。敵が襲撃に備えていようとも、行くしかないのだ。

また木村がイヤフォンにふれた。

「了解」

答え、鶴谷と目を合わせた。

「準備完了です。側壁のドアは解錠できました」

「俺ひとりで入る。おまえも部下もそとで待機しろ」

「自分は同行します」

「足手まといや」

「何と言われようと、ついて行きます」

木村の目に力が宿った。

「好きにせえ」

アルファードが静かに走りだした。


木村がドアノブに手をかけ、ゆっくり引き開けた。

靴音を忍ばせ、中に入る。

左側に給湯室、右側にドア。ドアには〈Toilet〉の札が貼ってある。

木村がトイレを覗いた。

鶴谷は通路を進む。

中はあかるい。が、高く積まれた資材に阻まれ、奥は見えない。

「寒い」男の声がした。「空調の温度をあげろ」

「はい」

「食いものはあるか」

「カップ麺だけです。コンビニで買ってきましょうか」

「それはまずい。いつ襲ってくるかも知れん」

聞きながら、鶴谷は資材に身体を寄せた。

フロアの中ほどに円形のストーブがある。そばのパイプ椅子に、小太りの中年男が座っていた。両脇に若い男がいる。紺色のジャージを着たほうはストーブに手をかざし、もうひとりは迷彩模様のブルゾンのポケットに手を入れている。

鶴谷は周囲に目を配った。

増山の姿が見えない。

奥から靴音がし、男があらわれた。三十代半ばか。ジャケットを着ている。

「爺は寝るのが早い」

笑って言い、空いているパイプ椅子に腰をおろした。

「生きてりゃいい」中年男が言う。「くたばっても、どうということはないが」

「いつまでここにいるのですか」

「さあ」

そっけなく返し、中年男が煙草をくわえた。

木村が顔を近づけた。

「いまあらわれたのが庄司、ジャージが又場。中年男は梅木の舎弟、梁瀬です」

「ここにいろ」

鶴谷は歩きだした。

四人の男が一斉に顔をむける。

「なんだ、てめえ」

又場が怒声を発した。

ブルゾンの男が足を踏みだす。手はポケットに隠れたままだ。

鶴谷はまっすぐ近づいた。

「この野郎」

咆哮し、ブルゾン男が突進してくる。金属音がした。右手が光る。ナイフをふりかざし、切りかかってきた。

体《たい》をかわし、足を払う。男は前のめりになり、床を滑るように倒れた。右腕を踏みつける。関節のはずれる音がした。男がうめき、のた打ちまわる。

鶴谷は、男らとの距離を詰めた。

梁瀬と庄司が立ちあがる。

「ひとりで来るとはいい度胸だ」

梁瀬の声には余裕がある。

庄司が右手を後ろにまわした。

拳銃か。

背を低くして踏み込み、右足を伸ばした。

激しい音がし、ストーブが転がった。

「ひぃ」

梁瀬が跳びはねた。

庄司ものけぞる。

すかさず、庄司に接近し、右の拳を顔面に叩き込む。身体を寄せ、膝蹴りを見舞った。股間に命中する。庄司が身体を折った。崩れ落ちる前に、こめかみにも一撃。庄司が白目を剝き、大の字に伸びた。

腰をかがめ、ジャケットの裾を払う。ベルトに拳銃が挿してあった。ベレッタか。

関西で捌き屋稼業をしているときは拳銃をよく目にした。

自動拳銃を手にとり、梁瀬に銃口をむける。

「な、なに、しやがる」

しどろもどろに言い、梁瀬が後じさる。

又場は棒杭のように突っ立っている。

「増山はどこや」

「奥だ」

「案内せえ」

鶴谷は、左手で梁瀬のうしろ首を摑み、銃口をこめかみにあてた。

木村がでてきた。

伸びている二人に手錠をかけ、又場にも手錠を打った。


梁瀬を連れ、奥の小部屋に入った。

休憩室か、仮眠室か。二段ベッドと、安っぽいソファがある。

下のベッドに男が座り、縮こまっていた。物音で目が覚めたか。状況を把握できないのだろう。表情がない。

「増山さんか」

声をかけると、男が頷いた。

鶴谷は銃床を梁瀬のこめかみに打ち据えた。

声もなく、梁瀬が膝から崩れ落ちる。

増山が目を見開いた。

「心配するな。あんたを助けに来た」

左腕で支え、増山を立たせた。

衰弱しているのか。増山の身体は骨と皮だけのように感じた。

「歩けるか」

「はい」

声はしっかりしている。

増山を肩に担ぎ、ドア口へむかう。

「急いでください。車が二台、こちらに接近中」

木村の叫ぶような声が届いた。

アルファードが横付けされていた。

周囲に四人の男たち。木村と調査員である。

「乗ってください」

木村が言った。

車の音がする。

視線をふった先、ヘッドライトが見る見るおおきくなった。

「頼む」

声をかけ、増山を木村の部下に預けた。

車が突進してくる。ブレーキを踏む気がないのか。

「避けろ」

木村が大声を発した。

つぎの瞬間、地鳴りのような音が轟いた。

二台の車がタイヤを軋ませながら横滑りする。追突したようだ。前を行く車は倉庫の壁にぶつかって停まった。

別の車から男が飛びだしてきた。

「兄弟」

「…………」

声がでない。

白岩が目の前に立った。澄ました顔にも、にやけた顔にも見える。

「無事で何より」

「どあほ。何しに来た」

「ドライブ中にパッシングされた。で、追いかけっこよ」

「…………」

あきれてものが言えない。

となりで木村が顔をゆがめた。

笑いをこらえたのだ。

鶴谷は木村を睨みつけた。

「知っていたのか」

「梅木組の事務所の近くに不審な車が停まっていると……白岩さんの身内の車だとわかったのはここに着く直前でした。気が散るとまずいと思い……」

「喋るな」一喝した。「どいつもこいつも……光義、消えろ。面倒になる」

木村が口をひらく。

「うちの車で……後始末はこちらでやります」

「頼む」

白岩と花房組東京支部の若者がセダンに乗り込んだ。

「所長」

調査員の声がした。壁にぶつかった車の中を覗いている。

「梅木です。顔から血を流し、意識を失っています。運転席の男も……こちらは拳銃を所持していました」

「救急車の手配を」

白岩らを乗せた車が走り去るのを見ながら、木村が命じた。

鶴谷は木村に声をかけた。

「白岩を、頼む」

「まかせてください。敵が拳銃を所持していたのなら、何とでもなります」

答え、調査員のひとりを呼んだ。


増山が粥《かゆ》をたいらげ、息をついた。

一時間前、川崎市内にある増山の自宅に運んだ。

木村が呼んだ医師の診察を受けさせている間に、鶴谷は粥をつくった。

「落ち着いたか」

増山がこくりと頷き、ほうじ茶を口にする。

鶴谷は、煙草を喫いつけてから、言葉をたした。

「俺は松葉建設の代理人や。で、事情を聞きたい」

「ご迷惑をおかけしました」

か細い声で言い、増山がうなだれた。

「迷惑をかけたと思っているのか」

「はい」増山が顔をあげる。「こんなことになるとは……」

「とりつきから話してくれ。松葉建設と仮契約を結んだときは、土地を売る気だったのか。それとも、破棄する前提で契約したのか」

「もちろん、売るつもりでした。契約の内容にも満足していた。ところが、仮契約書を交わした数日後に、弁護士が訪ねてきて……」

「名は」

「川上先生です。その日が初対面でした」

鶴谷は目で先をうながし、煙草をふかした。

となりで、木村がノートにペンを走らせている。

「あなたは安く買い叩かれたと……弁護士がそう言ったのです。資料を見せ、おなじブロックなのに、あなたの土地はほかよりも低く評価されていると」

鶴谷は木村の話を思いうかべた。

――地価公示価格はおなじです。が、売却価格には差が生じるようです――

質問を続ける。

「他の土地の売却価格は知らなかったのか」

「ええ。資料を見て、おどろきました」

「それで、弁護士に委任状を渡したのか」

増山が頷く。

気後れしたような顔になった。

「二割は上乗せできると言われ……すみません。欲をかいてしまいました」

「何度も謝るな。高輪のホテルに身を隠したのも川上の指示か」

「そうです。これから交渉の山場を迎える。松葉建設はあなたに接触したがるはずなので、交渉が済むまで身を隠していなさいと言われました」

「ホテルにはひとりでいたのか」

「いいえ。恐そうな感じの人が一緒でした。それで、だまされているのではないかと不安になったのですが、外出は許されず、電話でも娘としか話せなくて……」

鶴谷は納得した。

拉致した連中は、増山の娘や息子が警察に行方不明者届を提出するのをおそれ、所有者不明の携帯電話を使って、娘と話をさせたのだ。

「高輪のホテルから連れだされたときはどうだった」

「隙があれば逃げたかった」増山が頭をふる。「あのときは問答無用で連れだされ、倉庫に運ばれました」

鶴谷は煙草を消した。

「松葉建設と本契約を結ぶか」

「はい。よろこんで。でも、弁護士との契約が……」

「心配ない。川上は、あんたとの契約を破棄するそうだ。委任状も失効する」

ほんとうのことである。

粥をつくりながら、電話で川上と話をし、言質をとった。

保身に走る覚悟を決めたのか、さばさばとしたもの言いだった。

あすの午前中に川上のオフィスで会う約束をした。

木村に話しかける。

「ここで川上さんを保護してくれ」

「承知しました」

木村が即答し、その場で携帯電話を手にした。

増山の家を出て、アルファードに乗った。

「大詰めですね」

木村が言い、コーヒーを差しだした。

ひと口飲んで、視線を合わせた。

「白岩は大丈夫か」

「はい。いい方向に進んでいます」

「それではわからん」

木村が目元を弛めた。

胸の内を読まれている。増山の家にいるときも気が気ではなかった。

「警察官にとって、拳銃の押収は大金星です。しかも、広域指定暴力団、関東誠和会の大幹部がかかわっています」

「バーターか」

「そんな卑劣なまねはしません。捜査協力です。追突事故に関しては、もうすこし話を煮詰める必要がありますが、偶発的な事故ということで処理できるでしょう」

「運転していた者への聴取はあるのか」

　こちらも広域指定暴力団の幹部の身内である。

「形式的なもので済ませます。警視庁の特捜班は、梅木の逮捕をきっかけに、ＫＲネットへの捜査を本格化させるでしょう」

「恩に着る」

　素直にでた。

　木村が顔をほころばせた。

「白岩はどこにいる」

「麻布十番の部屋にいるそうです。行かれますか」

「行かん。顔も見たくない」

　拗ねたようなもの言いになった。


　翌日の正午、鶴谷は、木村を伴って城東総合病院の理事長室を訪ねた。

　新橋にある川上のオフィスにも同行させた。盗聴マイクやＩＣレコーダーでもことは足りるが、木村に生の声を聞かせたかった。

　理事長の本多は両手をうしろに組み、窓と向き合っていた。

ふりむいた顔からは緊張しているのが見てとれた。

近づき、声をかける。

「調査会社の木村さんや。世話になっている」

木村が本多と正対し、名刺を手にした。

「木村です。よろしくお願いします」

「こちらこそ」本多が笑顔で応じた。「よほど信頼されているようだ。鶴谷さんが人を紹介したのは初めてだよ」

「光栄です」

木村がそつなく返した。

のんびりしている場合ではない。

「となりの部屋を使う」

返事を聞く前に身体が動いた。

隣室は本多のプライベートルームである。三十平米ほどの部屋にはコーナーソファとリクライニングチェア、大型のテレビとオーディオセット。五人が座れるバーカウンターにシャワールームも備わっている。

「好きなものを飲んで、ここで待っていろ」

木村に言い置き、理事長室に戻った。

本多はソファに移っていた。

テーブルに湯呑茶碗が三つある。秘書の堀江が運んできたか。

鶴谷は、本多の正面に座した。

「ここが正念場や。けど、あんたは普通にしていろ」

「そう言われても……伊原にどう対応すればいいのか、教えてくれ」

声音も硬く感じた。

「相手に喋りたいだけ喋らせろ。あんたは話を聞くだけ……無難な質問をし、相手にどう言われようと言質は与えるな」

「同席しないのか」

「これを」小型の盗聴器を見せ、テーブルの裏側に取り付ける。「となりの部屋で聞いている。頃合いを見計らってあらわれるから心配するな。でてきたら席をはずせ。同席すれば、あんたの血圧があがる」

本多が口をすぼめて息をついた。

鶴谷はお茶を飲んだ。煙草は我慢する。人がいた気配を残したくない。

本多が口をひらく。

「上手く行っているのか。いまはどういう状況なのかね」

「教えられん。あんたに情報は邪魔や。相手の口車に乗せられ、うかつにものを言えば、相手を利することになる」

「そんなまぬけに見えるか」

「自分に自信のあるやつほど、ぽかをしでかす」

「…………」

本多が眉尻をさげた。

不満そうな顔になった。が、言葉はなく、ソファにもたれた。

鶴谷は立ちあがり、出入口の扉を開けた。

「悪いが、お茶を片付けてくれないか」

「三つともですか」

「そう。俺と相棒はとなりの部屋に消える」

「承知しました」

好奇心が湧いたのか、堀江の顔はたのしそうに見える。

本多にひと声かけ、隣室に移った。ソファに腰をおろし、煙草を喫いつける。

木村はイヤフォンを耳に挿していた。

ポケットのスマートフォンがふるえた。

画面を見る。白岩からだ。デジタルは12：23。時間には余裕がある。

いきなり破声が届いた。

《これから帰る》

「安心した」

《新幹線に乗る前に、言うておくことがある》

「何や」

《おまえには学習能力がない》

「はあ」

《野村は腐れやくざや。保身に走っても、しょうもない意地を張りよる。あのときもそうやった。くれぐれも油断するな》

「肝に銘じておく」

《よし。おまえにはわいが必要なんや。わかったか》

「認める。助かった」

《やけに素直やのう》

「俺の忠告も聞け。むりはしても、無茶するな」

《おう。あしたは、晒《さらし》を巻いて、修羅場に乗り込んだる》

「命を粗末にするなよ」

言って、通話を切った。

木村は下をむいている。ペンを持ち、何やらノートに書いていた。

二十分が過ぎ、イヤフォンから人の声が聞こえた。

《伊原様がお見えです》
堀江の声のあと、男の声がした。
《どうも、ごぶさたでした》
《こちらこそ。まずは、おかけなさい》
本多の声音はいつものそれに戻っていた。
《火急の用とは何事かな》
《栄仁会の一大事と聞き、馳せ参じました》
《一大事とは》
《川崎の土地売買の件です。トラブルが発生しているそうですね》
《どこからその話を》

《業界は狭い。それに、わたしは地獄耳です》
《面倒がおきているのは認める。が、心配はしていない》
《解決にむかっているのですか》
伊原の丁寧なもの言いが続いている。
よほどの自信があるのか。食えないタヌキか。
すこし間が空き、本多の声がした。
《詳細は話せないが、いい方向にむかっていると思う》
《おかしいですね……わたしが入手した情報とは異なる》
《どういう情報かね》
《土地の所有者のひとりが姿を消し、交渉は暗礁に乗りあげていると……偶然なのですが、わたしが懇意にさせていただいている方が行方知れずの人物の所在を知っていましで……理事長のお役に立てればと思い、駆けつけました》
《その人物に会ったのか》
《本人とは会っていません。ですが、彼の代理人の弁護士と会い、話をした。勝手ながら、先方の意向をふまえて、わたしなりの条件を提示しました》
《どのような》

本多の声が強くなった。
冷静になれ。鶴谷は胸でつぶやく。
《先方は売却価格の上積みを要求しています。で、それを受け入れることを条件に、交渉をまかせていただけないかと……》
《それは君……筋が違うのではないか》
《承知しています。しかし、長引けば、交渉が決裂するおそれもある。これはうわさですが、或る建設会社が触手を伸ばしているとも聞きました》
《信じられん》
《この手の交渉は長引くほどむずかしくなる。わたしにまかせてください》
《君にも条件があるのだろう》
《はい。めでたく交渉が成立したあかつきには、新規開業の病院に、ミラテックの最新機器を設置していただく。その見返りとして、土地購入額の上積み分はミラテックが支払う。どうです。それなら、理事長に不利益は生じない》
《私の一存では決められない。松葉建設も代理人を立てている》
《捌き屋ですね。そんなろくでなしを頼っていれば手遅れになります》

鶴谷はイヤフォンをはずした。

ドアを開け、理事長室に入った。

「なんだ、君は」

伊原が甲高い声を発した。

「ろくでなしよ」

さらりと言い、本多の横に腰をおろした。

伊原が本多に食ってかかる。

「約束が違う。差しで話をしたいと言ったはずです」

「それを了解した覚えはない」

言って、本多が腰をあげた。

鶴谷は煙草をくわえ、本多が去るのを見届けてから伊原と目を合わせた。

「弁護士に会い、話をしたというのはほんとうか」

「ああ。それがどうした」

ふてくされたようなもの言いに変わった。

「いつ、どこで会った」

「答える義務はない」

「では、何回会った」

「一回だ。それで充分……有意義な話し合いだった」

「六本木のクラブNEOだな。誰が同席した」

「…………」

伊原が眉をひそめた。

「一成会の角野とは古いつき合いのようだな」

「関係ないだろう」

伊原が声を荒らげ、腰をうかした。

「逃げるのか。それで角野が納得するのか。関東誠和会の野村の顔はどうする」

「…………」

伊原がくちびるを嚙む。顔が真っ赤になった。

「どうやら、おまえも見捨てられたか」

「どういう意味だ」

「弁護士の川上は角野に見切りをつけられ、いまは俺の手の中にある。六本木での謀議の一部始終を話した。おまえは使い走りの小僧に過ぎん」

「ばかを言うな。角野さんとはそんな仲じゃない。わたしには……」

伊原が言葉を切った。

鶴谷は間を空けない。

「桜慈会の桜井がついているか。そんなことはどうでもいい。ところで、増山はどこにいる。連絡はとれるのか」

「もちろん」

「連絡せえ。増山が電話にでたら、俺はこの一件から手を引いてやる」

「うっ」

伊原が声にならない声を洩らした。顔がゆがむ。

「どうした。早くかけろ」

「わたしは、連絡先を知らない」

「誰が知っている。角野か、野村か」

「…………」

伊原の目が泳ぎだした。

鶴谷は煙草をふかした。

詰めの一手は相手の態度を見定めて対応する。

伊原はじわじわと追い詰めるほうがよさそうだ。桜慈会の桜井、一成会の角野、関東誠和会の野村。伊原には気遣う相手がいる。考えれば考えるほど頭は混乱を来し、最善の方策を見つけられなくなって精神的にも弱ってくる。

「きのう東京に来たあと、角野もしくは野村から連絡はあったか」

「ノーコメントだ」

「なかった。あれば、ここに来るわけがない」

「なぜ言い切れる」

「きのう、増山の身柄を確保した」

「なにっ」

声が裏返った。

「どこにいたか、知っているか」

「……………」

「新山建工の倉庫だ。野村の身内が拉致、監禁していた」

「そんな……」

伊原が目を白黒させた。

「営利誘拐および監禁、そして、きょうは本多理事長を恐喝……罪状は揃った。増山と川上の詳細な証言もある」

伊原がぶるぶると首をふる。

「わたしは、何も知らない」

「ぬかすな」

怒鳴りつけ、顔をそむけた。

土壇場で態度をひるがえす連中を何人も見てきた。そのたび、反吐《へど》がでそうになった。みっともない連中を相手にする自分を嫌悪することもある。

もう結末は見えた。伊原は川上とおなじ穴のムジナなのだ。


伊原の保身の弁を聞いてから、理事長室を去った。

そとに出たところで、木村が笑顔を見せた。

「おわりましたね」

「まだや。おまえに、最後の頼みがある」

「何でしょう」

「夕方六時までに調査報告書がほしい。先ほどの伊原の話、増山と川上の証言……きのうの倉庫での件も書いてくれ」

「なるほど。それで、納得しました」

「何を」

「詰めの段階で、相手との交渉の場に同席したのは初めてです」

鶴谷は頰を弛めた。

木村が言葉をたした。

「最後に、難敵が待ち構えているようですね」

「そんなたいそうなやつか」

にべもなく言い放った。


黒地に青のピンストライプのスーツを着て、ネイビーのスリムタイを結んだ。ライトブラウンのトップコートとショルダーバッグを手に部屋をでた。

階下のリビングにはさわやかな香りがひろがっていた。

菜衣は絨毯《じゅうたん》の上に座り、手を動かしている。

鶴谷はソファに座り、テーブルにある黄色の果実を手にした。ハウスものか。土佐文旦は十月の水晶文旦を皮切りに、ハウス文旦、露地文旦と、半年間たのしめる。

皮を剝きおえた菜衣が白磁に載る果実を鶴谷の前に置き、キッチンへむかった。

果実をつまみ、煙草を喫いつける。

冬の陽に解ける氷のように、ゆっくりと神経が弛んでゆく。

漆の盆を手に、菜衣が戻ってきた。時間をかけてお茶を淹れる。鶴谷がそういう光景を見てたのしむのを知っているかのような所作であった。

「お仕事、おわったようね」

「けりはついた」

「よかった」

菜衣が文旦を口にする。三切れ食べ、視線を合わせた。

「ひさしぶりね」

「ん」

「スーツにネクタイ。どこにでかけるの」

「京都や」

これから東京駅で木村と会う。時刻はまもなく午後五時になる。

菜衣の表情が陰った。

一成会の騒動は話していない。角野の名前を口にしたこともない。

菜衣は気配を感じとったのだ。裏を返せば、鶴谷が隙を見せている。が、そのことで自分を責めたりしない。

「わたしも行きたい」

「あした、来い。蒸し寿司を食べるか」

「うん」声がはずんだ「そのあと、紅葉狩りね」

「そんなひまはない。食べたら新幹線に乗る」

あすの勤労感謝の日、午後五時に栄仁会の理事長室を訪ねる。

関係者が一堂に会し、土地売買の契約書を交わす予定になっている。

それを見届けて、仕事は完遂する。

「いやなら来るな」

「行く。たのしみ」

菜衣が目を細めた。

胸の内は読めた。一刻も早く、鶴谷の顔を見て、安堵したいのだ。

――菜衣ママは夜を徹して、集中治療室の前から離れなかった――

半年前の、木村の話は胸に刻んでいる。

★

★

プラットホームに風が流れていた。
夜の京都は底冷えのする寒さで、足が竦みそうになる。
コートを着て、バッグを肩から提げた。
タクシーに乗り、腕を組んだ。目をつむる。
――晒を巻いて、修羅場に乗り込んだる――
白岩の声が鼓膜に残っている。
俺も巻いてくればよかった。
ふと思い、苦笑が洩れた。
「このへんですね」
タクシーの運転手が言い、路肩に車を停める。
路上に立ち、鶴谷は周囲を見渡した。
民家が軒を連ねている。古くからの住宅街のようだ。
路地角を曲がって足を止めた。
左手に四階建ての建物がある。住所を確認し、玄関に近づく。
扉の脇に〈角栄商会〉と書かれた社名板が掛かっている。
インターフォンを押し、名前を告げた。

若衆に案内され、一階の応接室に入った。

角野は紬の着物を着て、黒革のソファに寛いでいた。

背後の暖炉で、朱色の炎がゆれている。

顔は何度か見ている。が、面と向かうのは初めてである。

記憶のそれよりも小柄に見える。顔の小皺としみがめだつ。それでも、目つきから感じる印象は昔と変わらなかった。

「鶴谷です。夜分にお邪魔し、申し訳ない」

「なんの」角野が鷹揚に言う。「かけなさい」

鶴谷は正面に腰をおろした。コートとバッグを脇に置く。

角野が口をひらいた。

「是非に会いたいとは、何用や」

鶴谷はバッグを開け、封筒を取りだした。

「これを届けに来ました」

角野が封を開き、書類を手にした。

調査報告書の冒頭に、〈優信調査事務所　作成〉と記されている。

一瞥し、顔をあげる。

「こんなものを渡すために、わざわざでむいて来たのか」

「仕事です」

そっけなく返した。

「読むのは面倒や。内容を話せ」

「すでにご存知でしょう」

「ん」

角野が眉根を寄せた。

「医療コンサルタントの伊原、関東誠和会の野村……連絡があったと思いますが」

「くだらん連中や」吐き捨てるように言う。「二人からあらましは聞いた。こんなものを作成し、俺に手渡した意図は何や」

「事実の確認です」

「ふん。おまえは刑事《デカ》か」

「この目で確かめるのが主義でして」

「で、どうや」背をまるめた。「この顔に何と書いてある」

「伊原と弁護士の川上の証言に間違いはなさそうです」

「だったらどうする」

「あなた次第」

角野が息をつき、姿勢を戻した。

「白岩に頼まれたか」

「見くびるな」

ひと声発し、目に力をこめた。

「なんやと」

角野が眦をつりあげる。にわかに眼光が増した。

鶴谷は怯まない。

「敵の本性を知らずに攻撃を仕掛けたか。白岩は人を頼らん」

「きいたふうなことを吐《ぬ》かすな。まあ、ひとりで来た度胸は買うたる」

「度胸で仕事はせん」

「粋がるな」角野がどすを利かせる。「俺の事務所で、俺に喧嘩を売り、無傷でここから出られると思うているのか」

「売らん。買うてもええが」

「…………」

角野が口をつぐむ。値踏みするような目つきに変わった。

五秒か、三十秒か。鶴谷は息を殺した。

壁際に立つ二人の若衆の身体から放たれる熱が伝わってきた。

角野が口元を弛めた。

「用件を言え」

「自分で判断せえ」

「おどれ」

角野の怒声に、部屋の空気がゆれた。

かまわず続ける。

「ただし、考えるのはあすの正午まで。意思表示がなければ、予定どおり行動する。ついでに教えてやるが、その調査事務所は警視庁との絆が深い」

「………………」

角野の頬が痙攣を始めた。

奥歯の鳴る音が聞こえそうだ。

翌日の午前十一時過ぎ、鶴谷はＪＲ京都駅の改札口の前に立った。

ほどなく構内から人が出てきた。

ベージュのトレンチコートを着た女がショルダーバッグを肩にあらわれた。菜衣である。黒の中折れ帽の左側で花紺色の羽根がなびいている。

一瞬にして遠い記憶がよみがえった。

あのとき、おなじ身なりで颯爽とあらわれた菜衣に見惚《みと》れた。眼前に立ち、菜衣が笑みをうかべても、かける言葉を失っていた。初めてのデートだった。

「来たよ、康ちゃん」

菜衣が目を三日月にした。

鶴谷は頷き、きびすを返した。やはり、言葉がうかばなかった。

エスカレーターを降りたところで、ポケットのスマートフォンがふるえた。

《どこや》

白岩の声はあかるく感じられた。

「いちいち訊くな」

《あいかわらず、愛想のないやつやのう》

「何か、用か」

《おまえ、でしゃばったまねをしたか》

「何のことや」
《たったいま、本家から連絡が入った。会議は中止やそうな》
「晒がむだになったな」
《むだにはせん。熨斗《のし》をつけて、おまえに進呈する》
「いらん」
《他人の気持を粗末にするやつは犬畜生にも劣る。人でなしや》
「それも孔子様か」
《わいの教えよ》
「ひとりで喋っとれ」
　通話を切った。
　となりで、菜衣がにこにこしている。

この作品は書き下ろしです。原稿枚数392枚（400字詰め）。

捌《さば》き屋《や》 罠《わな》

浜《はま》田《だ》文人《ふみひと》

平成31年4月10日　初版発行

発行人――石原正康
編集人――高部真人
発行所――株式会社幻冬舎
〒151-0051東京都渋谷区千駄ヶ谷4-9-7
電話　03(5411)6222(営業)
　　　03(5411)6211(編集)
　　振替00120-8-767643
印刷・製本―図書印刷株式会社
装丁者――高橋雅之

幻冬舎文庫

ISBN978-4-344-42858-4　C0193　　は-18-14

幻冬舎ホームページアドレス　http://www.gentosha.co.jp/
この本に関するご意見・ご感想をメールでお寄せいただく場合は、
comment@gentosha.co.jpまで。